GOLDMANN

Buch

Das Ehepaar Agnès und Patrice Gaudin hatte es geschafft, ihren beiden an der Bluterkrankheit leidenden Söhnen eine fast normale Kindheit zu ermöglichen. Da trifft sie 1989 aus heiterem Himmel die Nachricht, daß vier Jahre zuvor durch verseuchte Blutkonserven beide Kinder im Alter von fünf und acht Jahren mit dem HIV-Virus infiziert worden waren. Dieses Schicksal war um so tragischer, als 1985 bereits die Zuständigen in Behörden und Pharmafirmen von dem tödlichen Virus wußten und nichts unternahmen, um Blutkonserven daraufhin zu prüfen.
Laurent, der jüngere Sohn, starb im Alter von zwölf Jahren qualvoll an AIDS. Die Familie beschloß danach, mit ihrer Geschichte an die Öffentlichkeit zu gehen. In dem vorliegenden Buch, das die tragischen Ereignisse, die Ängste, die Ohnmacht, den Zorn, aber auch den Zusammenhalt in der Familie, die öffentliche Solidarität und die Gefühle der Liebe und Hoffnung dokumentiert, schildern Vater, Mutter und der zweite Sohn Stéphane ihre Eindrücke auf sehr persönliche und bewegende Weise.
Stéphane starb im Alter von sechzehn Jahren – ebenfalls an AIDS – kurz vor Erscheinen der deutschen Buchausgabe.

Autoren

Agnès und Patrice Gaudin leben in Frankreich. Der jüngste Sohn der Familie, der knapp sechsjährige Alexandre, blieb von der Bluterkrankheit verschont.

Agnès, Patrice und Stéphane Gaudin
(unter Mitarbeit von Marie-Thérèse Cuny)

Der Preis des Lebens

Sie waren unheilbar kranke Kinder. Ihre einzige Chance war eine Bluttransfusion. Doch die Blutkonserven waren mit dem AIDS-Virus verseucht. Was sie retten sollte, wurde ihr Verhängnis.

Aus dem Französischen
von Angelika Weidmann

GOLDMANN VERLAG

Die französische Originalausgabe
erschien unter dem Titel »Le prix du sang«
bei Éditions Fixot, Paris.

Umwelthinweis:
Alle bedruckten Materialien dieses Taschenbuchs
sind chlorfrei und umweltschonend.
Das Papier enthält Recycling-Anteile.

Der Goldmann Verlag
ist ein Unternehmen der Verlagsgruppe Bertelsmann

Deutsche Erstveröffentlichung Juli 1994

Umschlaggestaltung: Design Team München
Umschlagfoto: Superbild/Sipa, Grünwald
Satz: DTP Brigitte Apel, Wietze
Druck: Elsnerdruck, Berlin
Verlagsnummer: 12540
Lektorat: Sabine Dolt/SK
Herstellung: Sebastian Strohmaier
Made in Germany
ISBN 3-442-12540-5

10 9 8 7 6 5 4 3 2 1

Für Dich, Laurent,
der Du uns heute so fehlst.

Wir sind unserer Familie, unseren Freunden sowie jenen zutiefst dankbar, die uns mit ihrer Gegenwart während der ganzen Dauer von Laurents und Stéphanes Krankheit unterstützt haben und die auch heute für uns noch immer da sind.

»Ich hab' die Nase voll . . . Ich will sterben . . . Das Leben ist schön, wenn man tot ist.«

Laurent Gaudin, 12 Jahre, infiziert im Juli 1985,
gestorben im Januar 1992.

»Die Verteilung nicht erhitzter Produkte bleibt das normale Verfahren, bis die Vorräte erschöpft sind.«

Michel Garetta,
Dienstnotiz vom 26. Juni 1985.

»Man muß das Leben nutzen, solange es da ist.«

Stéphane Gaudin, 15 Jahre, Bruder von Laurent.
Bluter, infiziert im Februar 1985, gestorben 1994.

»Am Tag, als die Zahl der Todesfälle erneut auf dreißig gestiegen war, betrachtete Bernard Rieux die offizielle Depesche, die ihm der Präfekt mit den Worten gereicht hatte: »Sie haben einen Schreck gekriegt.«

Die Depesche lautete: »Verhängen Sie die Seuchensperre. Riegeln Sie die Stadt ab.«

Albert Camus, Die Pest

Vorbemerkung des Herausgebers

Im Juni 1992, vier Monate nach dem Tod ihres Sohnes Laurent, haben Agnès und Patrice Gaudin eingewilligt, die ungeheuer harten Bilder, die Patrice von dem Kampf und dem Sterben seines Sohnes selber gedreht hatte, in der Sendung »Envoyé spécial« zu zeigen.

Nachdem Agnès und Patrice zunächst absolut feindselig gegenüber jeglicher Art von Publizität gewesen waren, hatten sie sich schließlich zu der Hoffnung durchgerungen, daß ein Vorstoß dieser Art ihnen in ihrem Kampf im Bereich der Justiz hilfreich sein konnte. Die zahlreichen Reaktionen, die durch die Sendung ausgelöst worden waren, brachten sie zu der Überzeugung, daß sie noch weiter gehen mußten. Zusammen mit ihrem Sohn Stéphane beschlossen sie, ein Buch zu schreiben.

Ihre Geschichte in einem Buch zu erzählen, erschien ihnen als der beste Weg, um zu verhindern, daß Laurent vergessen würde. Ein Buch bleibt bestehen. Was sie zu sagen hatten, war entsetzlich, aber mit ihrem Bericht wollten sie über den juristischen Aspekt der Affäre des verseuchten Bluts hinausgehen. Jedermann sollte sich der Realität des Dramas der infizierten Bluter und ihren Qualen bewußt werden. Und die Verantwortlichen sollten endlich das Übel, das sie angerichtet hatten, begreifen. Man ist es Laurent und all den anderen Opfern einfach schuldig.

Bilder des Leidens zu übermitteln, ist eine Folterqual, wie Patrice in diesem Buch sagt, aber es kann auch eine Pflicht sein. Diesen Bericht zu veröffentlichen, mit seiner erschütternden Realität, seinem Streben, alles zu sagen, aber auch mit seiner Menschlichkeit und Großherzigkeit, schien bitter notwendig.

Alexandre Gaudin ist eigentlich noch viel zu klein, um von etwas anderem als von seinen Legos zu sprechen. Er wird bald fünf Jahre alt, der kleine Kerl mit den tiefblauen Augen der ganzen Familie Gaudin. Wie ein Wirbelwind spielt er Schlagzeug auf den Kochtöpfen, während seine Mama das Gemüse wegräumt, das sie vom Markt mitgebracht hat.

Eigentlich ist Alexandre ein kleiner Junge wie jeder andere, dessen Gesicht um vier Uhr mit Honig verschmiert ist und der mit einer Plastikpistole Cowboy spielt: »Peng! Du bist tot!«

Er lauert hinter der Tür des Einfamilienhauses. Peng! Er zielt auf Mama, die in der Küche den Blumenkohl putzt. Peng! Auf Papa, der verbissen in der Garage versucht, einen Motor zusammenzusetzen. Peng! Auf seinen Bruder Stéphane, der in seinem Zimmer am Computer sitzt!

Aber im Gegensatz zu den Kindern seines Alters kennt Alexandre den Tod. Er hat ihn gesehen, als er ihm unbeirrbar, entsetzlich und heimtückisch in einer Januarnacht 1992 Laurent, seinen anderen Bruder, genommen hat.

Manchmal mustert er Stéphane voller Beunruhigung: »Du bist auch krank wie Laurent? Du wirst aber nicht weggehen wie Laurent, nicht wahr?«

Alexandre kennt schon mit dreieinhalb Jahren das Wort »AIDS«. Und er kennt auch das Gesicht dieser Krankheit besser als irgendwer. Das Gesicht von AIDS, das ist Laurent, sein Bruder.

Alexandre kam 1988 in einer Familie zur Welt, die von dem Übel dieses Jahrhunderts durch die Bluterkrankheit und die Bluttransfusionen geschlagen ist. Alexandre ist der einzige der drei

Söhne, der nicht Bluter ist. Der jüngste Sproß der Familie ist dem tödlichen Gift entkommen.

Denn das Gift hat ein Datum, das infizierte Blut hat ein Datum. Dieses Blut hat einen Preis. Wie Handelsware.

Laurent und Stéphane, sie alle beide sind vergiftet worden.

Laurent, der im Juli 1992 zwölf Jahre alt geworden wäre, ist am 31. Januar 1992 an AIDS gestorben. Von der prächtigen, strahlenden Schönheit eines blonden Knaben mit blauen Augen und sanftem Mund erlitt er den entsetzlichen Verfall zu unerbittlicher Häßlichkeit, abgezehrt und von den tausend Qualen der Krankheit zerfurcht.

Alexandre spielt auf dem Teppich mit seinen Bausteinen vor dem Photo dieses Bruders mit dem gefolterten Gesicht. Das symbolische Gesicht eines kaum begonnenen Lebens, das mit zwölf Jahren geopfert wurde.

Er spielt vor den Füßen seines anderen Bruders, Stéphane, der das gleiche Gift in sich trägt, doch es wild entschlossen bekämpft, mit hundert Stundenkilometern. Stéphane hat mit fünfzehn keine Minute zu verlieren. Das Leben wartet nicht.

Dieses Buch ist ungewöhnlich. Es wurde nicht geschrieben, es wurde erzählt.

Drei Stimmen sind zu hören, denen man lauschen muß: Patrice Gaudin, der Vater; Agnès, die Mutter; Stéphane, der Sohn, fünfzehn und an AIDS erkrankt.

Und dazwischen hat Alexandre seine kleine Stimme gemischt, selten, aber präzise, mit einer Klarheit, die weit größer ist, als es dem Alter dieses Dreikäsehochs entspricht.

»Ich habe zwei Brüder! Einer ist auf dem Friedhof, der andere zu Hause. Du wirst nicht sterben, Stéphane, nicht wahr?«

»Natürlich nicht!«

Alexandre weiß, warum sein Bruder Laurent auf dem Friedhof ist. AIDS.

Als er zur Welt kam, kämpften sein Vater Patrice und seine Mutter Agnès schon seit Jahren gegen die Bluterkrankheit ihrer beiden ältesten Söhne und hatten die Oberhand in den täglichen Schlachten gewonnen, die damit einhergehen. Als er zur Welt kam, hatten sein Vater und seine Mutter den Brüdern schon gesagt, daß sie mit dem AIDS-Virus infiziert sind.

Einen solchen Augenblick vergißt man nicht. Abgesehen von dem genauen Datum. Es ist seltsam, aber Patrice hat kein wirkliches Gedächtnis für Daten. Sein Leben besteht vielmehr aus Erinnerungen, aus Emotionen, an »Schläge ins Kontor«, an Komplikationen, gefundene Lösungen, den Wettlauf mit der Bluterkrankheit, den man ständig schnellstens gewinnen muß, einer Krankheit, die man in jedem Augenblick, Tag für Tag, leben muß.

Patrice sagte oft: »Das Datum? Das war 1989, zwischen einem Bluterguß in Laurents Fußgelenk und Blutergüssen in beiden Fußgelenken von Stéphane. So etwas muß man Agnès fragen, sie erinnert sich besser als ich.«

Zwillinge. Mann und Frau, Vater und Mutter von drei Kindern, aber dennoch wie Zwillinge.

Einstimmig wiederholen sie: »So einen Augenblick vergißt man nicht.«

Die Aufklärung der Kinder

PATRICE

Für mich war es ein Unglückstag, einer mehr. Ich werde ihn nie vergessen. Es war an einem frühen Nachmittag 1989. Im Wohnzimmer. Ich hatte während vieler Stunden mit Agnès darüber gesprochen. Wenn es wichtige Dinge zu entscheiden gibt, machen wir es immer in Übereinstimmung miteinander.

Wir mußten es ihnen sagen. Wir hatten ihnen *das* seit über vier Jahren verschwiegen. Wir hatten solche Angst. Seinen Kindern so etwas eröffnen zu müssen . . . Stéphane war zwölf und Laurent war neun Jahre alt.

AGNÈS

Wenn Patrice etwas anzukündigen hat, trifft er viele Vorsichtsmaßnahmen. Mich ärgert das. Ich mag es direkt. Er fing an, ihnen zu sagen: »Wenn wir euch sagen würden, daß ihr eine schwere Krankheit habt, wie würdet ihr reagieren? Was würdet ihr sagen?«

Stéphane, der eher so ist wie ich, schaute seinem Vater direkt ins Gesicht und antwortete schnell: »Also, jetzt sag schon, was habe ich?«

STÉPHANE

An dem Tag, als sie uns mitteilten, daß wir an AIDS erkrankt sind, war das sehr schwer für sie. Wir waren im Wohnzimmer. Jeder von uns beiden saß auf einem Sessel. Mein Vater fing an, um den heißen Brei herumzureden, und sagte: »Wir müssen euch etwas mitteilen, ihr dürft es nicht falsch verstehen . . .«

Ich mag es, wenn man mir die Sachen direkt ins Gesicht sagt, und habe geantwortet: »Du kannst es ruhig sagen, wenn es etwas Schlimmes ist!«

PATRICE

Da saßen wir, Agnès und ich, auf dem großen Sofa, Stéphane und Laurent jeder auf einem Sessel. Seit langem hatten wir versucht, sie vorzubereiten, indem wir von Zeit zu Zeit sagten: »Wenn ihr eines Tages eine schwere Krankheit hättet, wie würdet ihr darauf reagieren?«

Sie wußten es nicht, es war zu ungenau. An jenem Tag führte ich sie also zunächst vorsichtig ans Thema heran: »Es gibt zwei Lösungen. Es gibt kämpferische Leute, die positiv reagieren, um mit der Krankheit fertig zu werden, selbst mit einer schweren Krankheit, und denen es besser gelingt als negativ eingestellten Leuten, die nicht kämpfen wollen.«

Eine halbe Stunde lang sprachen wir über dieses Thema.

AGNÈS

Zu Anfang hatten wir es den Kindern verschwiegen und nur von Problemen der Abwehrkräfte gesprochen. Mit ihrer Bluterkrankheit und all den Transfusionen hatten sie die ohnehin. So hatten wir seit 1985 beschlossen, ihnen zu sagen, sie hätten Gelbsucht. Die Ärzte hatten uns die Wahl gelassen. Es erlaubte uns, ihnen zu erklären, daß sie auf die Mitmenschen Rücksicht nehmen müßten. Zu jener Zeit waren sie noch zu klein, und wir hatten nicht den Mut, es ihnen zu sagen. Es war unmenschlich.

PATRICE

1989 schienen sie uns dann alt und reif genug. Sie waren sehr verständig. Bluter-Kinder sind an Gesundheitsprobleme gewöhnt, sie haben jeden Tag welche oder beinahe jeden Tag. Aber es war trotzdem hart, es gelang mir nicht, das Wort »AIDS« auszusprechen. Schließlich haben Agnès und ich uns ein letztes Mal angeschaut, und ich habe losgelegt: »Wir müssen euch sagen, daß ihr eine schwere Krankheit habt, sehr schwer. Wir hoffen, daß ihr reagieren und kämpfen werdet. Wir hoffen, daß ihr positiv darauf reagiert, um darüber hinwegzukommen.«

Stéphane hat mir fest in die Augen gesehen, er ist immer so direkt. Laurent schaute von einem zum anderen. Er war beunruhigt.

STÉPHANE

Papa redete um den heißen Brei. Er wußte nämlich nicht, wie er es uns sagen sollte. Und wie wir reagieren würden. Ich kann ihn verstehen. Schließlich sagten Mama und Papa: »Also, ihr habt doch schon von der Krankheit gehört, die die Bluter im Moment haben? . . . Nun, ihr habt sie auch.«

Ich habe gefragt: »AIDS?«

»Hm . . . ja.«

Darauf habe ich geantwortet: »Also . . . Nun, wenn das so ist, dann werden wir kämpfen, und wir werden es schaffen.«

Für Laurent war es ein Schock, er war erschüttert. Mehr als ich.

AGNÈS

Laurent hörte schweigend zu, er hatte alles, was gesagt worden war, intensiv verfolgt. Währenddessen versuchte Stéphane noch immer zu begreifen. Er fing an, seinen Vater zu fragen: »Was hab ich denn nun? Krebs?«

Sein Vater verneinte. Und dann, nachdem wir ihn auf die Fährte gebracht hatten, fragte er: »Dann habe ich also AIDS?«

Diesmal haben wir geantwortet: »Ja.«

Wir hatten schon darüber gesprochen. Da wir uns um die Vereinigung der Bluter kümmern, hatten wir ihnen von Bluter-

Freunden berichtet, die AIDS hatten. Im Laufe dieser vier Jahre – Stéphane war zu dieser Zeit neun oder zehn – hatte er uns ein- oder zweimal gefragt: »Und wir – sind wir auch infiziert?«

Wir haben immer mit Nein geantwortet. Er insistierte nicht. Er war beruhigt. Dann wurde es Alltag, weil wir so oft am Telefon darüber sprachen. Soundso ist infiziert, usw. Also wiederholte Stéphane seine Frage. Und wir antworteten wieder: »Nein! Ihr habt ein Problem mit einer Hepatitis, das ist schon schlimm genug!«

So kam es, daß er es, als sein Vater diesmal mit »Ja« antwortete, fast erwartet hatte. Wir waren es, denen es in diesem Augenblick am meisten weh tat.

PATRICE

Stéphane begriff sofort. Laurent nicht wirklich, außer daß es schlimm war. Aber ich glaube, es war ein schrecklicher Schock für alle beide, ich konnte es in ihren Gesichtern, in ihren Augen sehen. Meine beiden kleinen Jungen waren großartig. Laurent hatte sehr großes Vertrauen zu uns. Auch er sagte wie sein Bruder: »Ich werde kämpfen, Papa.«

Aber er hatte Angst, ich sah das sehr wohl in seinen weit aufgerissenen Augen. Dann erläuterte ich die Krankheit. Ich sagte, daß sie tödlich sein könnte, aber daß wir ihnen, wenn sie den Kampfeswillen aufbrächten, helfen und alles tun würden, was nur möglich wäre, und daß sie durchkommen würden. Sie waren davon überzeugt. Stéphane ist es nach wie vor. Wie auch immer, wir konnten nur ganz ehrlich mit ihnen sprechen, es gab zu viele dramatische Informationen, die von außen kamen.

AGNÈS

Für Stéphane war alles sofort klar und deutlich. Er ist von Natur aus kämpferisch. Wir würden uns wehren und alle zusammen darüber hinwegkommen. Für Laurent war es schwerer, das konnte ich fühlen. Nach einem Weilchen fragte er: »Was wird mit mir geschehen, Mama? Was passiert bei dieser Krankheit?«

Er stellte nicht viele weitere Fragen, aber ich sah, daß es ihm nicht gutging. Wir versuchten, ihn schnell zu beruhigen, er war ja noch so klein.

Hat er tatsächlich die Reichweite der Krankheit und des Todes begriffen? In jenem Moment dachten wir nicht daran, wollten daran nicht denken. Wir wiederholten nur das eine: »Wir werden es schaffen.«

Ich erinnere mich an seinen traurigen, freundlichen Ausdruck: »Was werden wir tun, Mama?«

»Nichts, mein Schatz. Es wird alles gutgehen, wir werden es schaffen, du wirst schon sehen . . . Wir haben die Bluterkrankheit besiegt, wir werden AIDS besiegen! Papa und ich, wir sind da, wir werden uns um euch kümmern.«

Jedesmal, wenn ich an jenen Nachmittag zurückdenke, an Laurents Blick mit vor Angst geweiteten Augen, und an den von Stéphane, dem Kämpfer, schnürt sich mir die Kehle zu, und die Tränen kommen.

PATRICE

Ich nahm die Einstellung gewisser Rennfahrer zum Vergleich.

»Es gibt welche, die Unfälle haben und in Einzelteile zerschmettert aus ihrem Fahrzeug geholt werden und denen es dank ihrer unglaublichen Willenskraft gelingt zu überleben. Die Moral ist ungeheuer wichtig, versteht ihr?«

Dann sagte ich ihnen, daß wir, um eine gute Lebenseinstellung zu haben, alles tun würden, um uns zu amüsieren, jede Menge Sachen. Und daß der Arzt uns gesagt hätte, daß die Tatsache, infiziert zu sein, nicht bedeuten würde, daß die Krankheit auch wirklich ausbricht. Sie hätten also eine Chance, daran vorbeizukommen.

STÉPHANE

Ich wußte ganz genau, was es war. Man meint immer, so etwas passiert nur den anderen . . . Aber als es mich traf, sagte ich mir: »Gut, wir werden uns schlagen, die Krankheit und ich.« Sonst nichts. Sie hatten solche Angst davor, es uns zu sagen. Ich kann das verstehen, es ist nicht leicht.

Nachher erklärten sie nur, daß es vor allem wegen Laurent sei: Er war noch so klein mit seinen neun Jahren und viel empfindlicher. Von mir wußten sie, daß ich den Stier bei den Hörnern packen würde. Sie waren übrigens gezwungen, es uns zu sagen, wegen einer Journalistin, die in einer Zeitschrift mehr oder weniger über uns berichtet hat. Daraufhin haben sie sich gesagt: »Jetzt muß es sein. Sie dürfen es nicht von jemand anderem erfahren oder es selbst herausfinden.« Es ist wahr, wenn wir es aus der Zeitschrift erfahren hätten oder von einem Fremden, wäre es viel schwieriger gewesen. Und außerdem mag ich Lügen nicht. Ich hasse das.

AGNÈS

Nachdem wir ihnen an jenem Nachmittag das alles eröffnet hatten, haben wir irgend etwas mit ihnen unternommen, sind ausgegangen oder haben mit ihnen gespielt, aber ich weiß nicht mehr, was. Ich hatte Schiß, solchen Schiß . . . Seinen Kindern so etwas sagen zu müssen . . . Ich hatte wirklich fürchterliche Angst, aber ich erinnere mich nicht, geweint zu haben . . .

Es war unsere Aufgabe als Eltern, es ihnen zu sagen. Nicht die von Fremden. Sonst hätten sie uns nicht mehr getraut. Stéphane kann es nicht leiden, wenn man ihm etwas verheimlicht. In dem Fall hat er zugegeben, daß wir recht gehabt hatten. Später hat er uns sogar gesagt: »Ihr hattet mich derart darauf vorbereitet, daß ich an jenem Tag nicht überrascht war.«

Es ist wahr, daß man es ihnen hätte sagen können, als sie fünf waren oder acht, aber damals ging es ihnen gut, und es war unnötig, sie damit zu belasten. Jetzt, hat Stéphane uns wiederholt gesagt, erträgt er es nicht mehr, wenn wir ihm etwas verheimlichen. Er will alles erfahren. Er sagt: »Ich will alles in allen Einzelheiten wissen. Das ist wichtig.«

Übrigens hat er sofort große Nachforschungen über den Virus und die Krankheit betrieben . . . Stéphane ist ein wandelndes Lexikon.

PATRICE

Bei uns und um uns herum ist jetzt jeder auf dem laufenden. Zu Anfang war das schwieriger. Wir haben es lange verheimlicht, vor allem wegen Laurent. Er war durch zwei Gehirnblutungen und den alltäglichen Problemen der Bluterkrankheit sehr geschwächt. Er hat oft in der Schule gefehlt; er brauchte sehr viel Zärtlichkeit, Nähe und Unterstützung. Stéphane dagegen ist tatsächlich ein Kämpfer. Laurent sah die Dinge eher wie ich, voller Furcht und Mißtrauen. Ich fühlte mich ihm sehr nah.

Abends sahen wir fern, er drückte sich an mich, das war sein gewohnter Platz. In unserer Vater-Sohn-Beziehung entgingen mir nur wenige Dinge, er vertraute mir vieles an. Er war nicht wirklich ein anfälliges Kind, sondern diskret, reserviert. Die Krankheit war es, die ihn anfällig machte. Stéphane ist anders, extrovertierter, mitteilsamer. Und er versucht, immer alles zu verstehen.

STÈPHANE

Das ist simpel, es gibt das Antigen P 24, das ist der Virus. So orientieren sich die Mediziner. Man hat die Krankheit in dem Moment bekommen, wo es Antikörper des P 24 gibt. Die sind es übrigens nicht, die anstecken, die Antikörper sind die, die den

Virus neutralisieren sollen, der im Blut zirkuliert. Und dieser Virus ist es, der andere Zellen infiziert.

Das einzige, was mir mein Leben lang übrig bleibt, falls ich gesund werde, ist die genetische Information des Virus. Denn der Virus ist ein Stück der RNS, eine Art Hülle mit seinem Stück von der RNS. Das ist wie eine Diskette, die man in den Computer steckt, sie wäre die Zelle. Die Diskette dringt ein, und der Computer weiß, weitere Disketten herzustellen, die gleichen, die ihrerseits weitere herstellen, die in andere Computer gehen, und so weiter. Diese Disketten haben auch noch andere Aufgaben im Organismus.

Normalerweise hat jemand, der HIV-positiv ist, nicht gleich den Virus in seinem Blut zirkulieren. Die Krankheit ist vorhanden, sobald es Antikörper gibt, und in diesem Moment bleibt die Information in den Zellen verzeichnet. Das Antigen kommt ein bißchen später, steckt die anderen Zellen an, und das ist der Moment, wo es gefährlich wird, es infiziert bis zum Tod der Person, und da hört es dann auf.

Das alles habe ich ein bißchen von überall her erfahren, von Ärzten, Wissenschaftlern, aus Büchern, es ist die gängige Theorie.

AGNÈS

Beide waren heftig erschüttert, aber sie zeigten es nicht auf die gleiche Weise, und ich spürte, daß zwei verschiedene Sachen vorgingen.

Wie immer analysierte Stéphane und entschied: »Wir werden es so und so machen.«

Laurent dagegen läßt sich überrollen, sobald ihm etwas widerfährt. Das Unglück verfolgt und zerstört ihn. Es fiel ihm schon immer schwer, etwas einzustecken, sich gegen die Widernisse zu wehren. Er war Opfer. Das ewige Opfer. Schon als er noch ganz klein war, mußten wir uns besonders viel um ihn kümmern, wir hegten ihn, körperlich und moralisch. Er brauchte das, und es war normal.

PATRICE

Laurent hatte immer größere Schwierigkeiten, Spielkameraden zu finden, kleine Freundinnen und Freunde. Er hatte eine schwierigere Kindheit als Stéphane. Er war eine Art Phantom in der Schule, fehlte oft wegen der Bluterkrankheit und später wegen AIDS, und es gelang ihm nicht, Freundschaften zu schließen, weil man ihn nicht gut kannte. Er liebte die anderen Kinder sehr, aber er wußte nicht, wie er sich ihnen nähern sollte. Er konnte nicht wie die anderen Ball spielen oder Sport treiben. Ich ließ ihn andere Sachen machen, andere Aktivitäten, mit vielen Vorsichtsmaßnahmen und großen Sicherheitsvorkehrungen. Aber er wurde schüchtern.

STÉPHANE

Seit dem Ausbruch der Krankheit bin ich oft traurig. Nicht für lange, aber ich sage mir dann, daß ich es satt habe, daß das Leben vielleicht gar nicht so schön ist . . . Wozu lebt man überhaupt? Ich stelle mir haufenweise Fragen . . . Aber dann gehe ich doch in die Schule. Es stimmt, es ist wichtig, an die Zukunft zu denken, selbst wenn der Tag anstrengend ist. Am Wochenende versuche ich, mich viel zu beschäftigen, um mich nicht überrollen zu lassen. Ich sage mir: »Gut! Ich werde was am Computer machen . . . ich werde was programmieren!«

Manchmal heule ich. Das hängt vom Augenblick ab wie bei Mama. Papa hat andere Formen, sich auszudrücken. Ich würde nicht sagen, daß er zu furchtsam ist, eher, daß er vorsichtiger ist. Er versucht immer, alles vorherzusehen und alles für uns zu organisieren. Er nimmt alles schrecklich ernst. In gewissem Sinn ist das eine Qualität. Mama neigt eher dazu, sich zu sagen: »Man wird schon sehen.« Tatsächlich ergänzen sie sich gut. Es braucht von beidem etwas.

Wir haben Glück gehabt, daß wir Eltern haben, die sich lieben und zusammenbleiben, was nicht jedem gegönnt ist! Mama hat mir erzählt, wie sie sich kennengelernt haben, sie war sechzehn und er vierundzwanzig, auf der Eisbahn in Grenoble. Sie hörte hinter sich eine Stimme fragen: »Wollen Sie eine Runde auf der Piste mit mir machen?«

Sie hat ihm die Hand gegeben, und das währt nun schon zwanzig Jahre.

AGNÈS

Endlich konnten wir wieder vor unseren Söhnen frei und ehrlich sprechen. Vorher paßten Patrice und ich so unheimlich auf! Wir diskutierten in unserem Schlafzimmer, im Auto, wenn wir allein waren, oder mit den Ärzten, aber niemals in Gegenwart der Kinder. Das ging vier Jahre lang so, und es war schwer. Wir konnten niemandem etwas davon sagen, nicht einmal den Freunden. Unsere große Sorge war: »Hoffentlich erfährt keiner davon ...« Es war hart, es geheimzuhalten.

Als Stéphane 1987 Augenherpes hatte, sagte der Arzt völlig außer sich zu uns: »Jetzt fängt AIDS an!«

Und Patrice hat erwidert: »Hören Sie doch auf, überall AIDS zu sehen! Er hat Herpes, so etwas kommt vor, er hatte eine Blinddarmentzündung, die kriegen viele Kinder!«

Wir sahen bei allen Ärzten den gleichen Blick, sie hatten oft mehr Angst als wir. Und wir mußten immer durch die Blume sprechen. Aber von jenem Moment an fühlten wir uns befreit. Endlich konnten wir mit den Kindern darüber diskutieren, ganz offen. Wir brauchten uns nicht mehr zu verstecken, um über sie zu reden. Diese Angst, daß man in allerbester Absicht eine

Dummheit rausläßt. Man versteckte sich nur, um dann doch eines Tages zusammenzuklappen ...

PATRICE

Den auf die Bluterkrankheit spezialisierten Arzt, der uns 1985 gesagt hatte, daß die Krankheit nicht zum Ausbruch kommen würde, sahen wir häufig, einmal im Monat. Während vieler Jahre hatte ich keinen Grund, es ihm speziell übelzunehmen. Ich dachte, daß er nicht unterrichtet war und die Infizierung von Stéphane im Februar 1985 ein Unglücksfall war. Das jedenfalls behauptete dieser Arzt.

Als ich ihm die Frage stellte, welches Risiko für Laurent bestehe, antwortete er, daran erinnere ich mich sehr gut: »Für Laurent besteht kein größeres Ansteckungsrisiko als für Sie das Risiko eines tödlichen Autounfalls zwischen Paris und Lyon.«

Und als ich in bezug auf die Prophylaxe insistierte, insistierte er ebenfalls: »Hören Sie auf keinen Fall damit auf!«

1984 und 1985 rieten die auf die Bluterkrankheit spezialisierten Ärzte den Blutern, die Opfer häufiger Blutungen waren, dringend zu einer Prophylaxe mit Faktor VIII.[1] Da sie behaupteten, diese Vorsorgemaßnahmen von mehr oder weniger langer Dauer seien ohne Nebeneffekte, hörten wir auf sie. Aber ich bin von dieser Theorie nie völlig überzeugt gewesen. Für mich ist es logisch, daß der Körper, der ein fremdes Produkt erhält, kämpft, um es zu eleminieren, wenigstens teilweise.

Es war bekannt, daß die wiederholten Transfusionen bei den Blutern zum Beispiel eine Belastung der Leber darstellten, ungeachtet dessen, was die Ärzte behaupteten. Ich habe es selber bei Stéphane und Laurent wiederholt beobachten können. Jedesmal,

1 Eine Substanz, die aus dem Plasma extrahiert wird, zur Koagulation unabdingbar ist und den Blutern fehlt. Um sie zu gewinnen, werden Tausende von Plasmabeuteln gemischt.

wenn sie im Anschluß an eine Transfusion bestimmte Nahrungsmittel zu sich nahmen, lösten diese Leberbeschwerden aus, obwohl sie sie in normalen Zeiten bestens vertrugen.

Ich war beinahe sicher, daß diese Präventivbehandlungen für den Organismus nicht harmlos waren. Zu jener Zeit hatten Stéphane und Laurent ungefähr ein- oder zweimal im Monat Blutungen in den Fußgelenken. Die Häufigkeit dieser Blutungen war knapp an der Grenze, die eine Prophylaxe rechtfertigte. Doch angesichts des Insistierens der Spezialisten, die die Kinder regelmäßig behandelten, haben Agnès und ich ihnen vertraut. Wir haben der Prophylaxe zugestimmt, und sie hat zwei Jahre gedauert.

1984 und 1985, zwei besondere Jahre, denn, so traurig es auch ist, und wir haben es erst während des Prozesses erfahren, diese Ärzte waren schon über die Verseuchung des Faktors VIII informiert. Folgendes kann man in den Vernehmungsprotokollen lesen: *Am 29. Mai 1985 berät die Direktion des CNTS*[1] über »die einzunehmende Haltung in bezug auf die anti-lav[2] *positiven Spender und die Auswirkung auf die daraus hergestellten Derivate: Es wird konstatiert, daß bei 2 bis 3 anti-lav positiven Spendern auf Tausend und einer Menge von 1000 Litern, d. h. von 4 bis 5000 Spendern, alle unseren Konserven verseucht sind.*«

Sie wußten es . . . wir nicht.

Ich hatte keine Ahnung, daß es ausländische Firmen gab, die erhitzte Produkte anboten. Ich erfuhr es erst nachher. Als Laurent im Juli des gleichen Jahres ebenfalls infiziert wurde, bestand ich auf die erhitzten Produkte. Ich mußte mich hartnäckig durchsetzen, um sie zu bekommen!

1 CNTS: »Centre National de Transfusion Sanguine«, Nationale Bluttransfusionszentrale. Anm. d. Übers.

2 LAV: AIDS-Virus

Was mich am meisten schmerzte, war, daß ich in der Folge erfuhr, daß dieser Arzt seit 1983 Mitglied einer Forschungskommission mit Dr. Alain, dem Verantwortlichen der Produktabteilung des CNTS, war. Er war also über die Gefahren der Transfusion unterrichtet. Und er wußte auch, daß es erhitzte Produkte gab.

Als er mir die Flakons mit Faktor VIII für Stéphane und Laurent, die er seit ihrer zartesten Kindheit kannte, verschrieb, wußte dieser Arzt also, daß er unsere Kinder damit töten würde. Es wäre vermeidbar gewesen: Unsere Kinder gehörten zu den letzten, die infiziert wurden. Es ist ein Verbrechen. Und zu dieser Zeit spazierten wir oft am Sonntagnachmittag bei ihm vorbei, um ihm freundschaftlich »Guten Tag« zu sagen, ahnungslos . . .

STÉPHANE

An den Virus denke ich praktisch nie. Am Anfang schon, aber jetzt nicht mehr. Ich habe an andere Sachen zu denken.

Außer wenn ich krank bin oder wenn ich neue Informationen höre oder lese. Da versuche ich, die verschiedenen Forschungswege zu verfolgen. Oder wenn ich auf eine Zeitschrift oder ein Buch stoße . . . Aber ich will nicht systematisch alles durchforsten, weil ich zu viele andere Sachen zu tun habe.

AGNÈS

Stéphane lebt nach einem anderen Rhythmus, der uns manchmal aus der Fassung bringt, seinen Vater und mich. Er ängstigt sich nicht sonderlich. Wenn er zum Beispiel nur noch 20 T4-Lymphozyten hat, sagt er: »Ist mir egal, mir geht's gut!«

Er will, daß man ihm nichts verschweigt, also untersucht er selber die Ergebnisse seiner Analysen. Uns fällt es schwer, es hinzunehmen, wenn sie nicht gut sind, aber Stéphane wiederholt: »Nicht doch, ist alles in Ordnung, ich bin in Form, das ist die Hauptsache!«

Wie auch immer, das ist es, was er zu uns sagt, aber was ihm durch den Kopf geht . . .

Er wiegt sich regelmäßig, um zu sehen, ob er nicht abgenommen hat. Gewichtsverlust ist immer ein Grund, sich zu ängstigen. Aber er findet immer eine Theorie, um zu beweisen, daß es ihm gutgeht, daß alles in Ordnung ist. Eine Theorie, die bestätigt, was er will. Leben.

Wenn ich mit Stéphane im Auto nach Grenoble fahre, redet er ununterbrochen. Er hat immer etwas zu erzählen. Er liest derartig viel, er weiß über so viele Sachen so gut Bescheid! Er liest Informatikbücher genausogut wie *Picsou Magazine*[1], die Fernsehprogrammzeitung oder wissenschaftliche Zeitschriften! Er bringt es fertig, eine Stunde lang über Informatik zu reden. Er macht, daß mir schwindelig wird! Stéphane ist einfach unglaublich! Er liest alles, was er findet. Er ist jetzt in der 10. Klasse und liest im Augenblick *Die Pest* von Camus.

PATRICE

Ich liebe meine Kinder über alles. Sobald sie die kleinste Kleinigkeit haben, analysiere ich alles bis auf den Grund. Ich weiß nicht, ob man das Vorsicht, Voraussicht, Angst oder Mißtrauen nennen kann . . . aber als ich erfuhr, daß sie alle beide infiziert worden waren, habe ich versucht, das Problem aus allen Richtungen zu betrachten. Es hat mich lange Zeit verstört. Ohne die Gesamtheit der Krankheit zu kennen, ohne viele Einzelheiten zu wissen, sagte ich mir, daß sich dahinter etwas verbarg. Ich bat meinen Arbeitgeber um einen Posten, der mit meiner Situation besser zu vereinbaren war. Ich brauchte einen klaren Kopf.

Ich fragte mich: »Wo wird uns das hinführen? Werden sie die Krankheit entwickeln oder nicht?« Wenn ich wenigstens Infor-

1 eine französische Komik-Zeitschrift. Anm. d. Übers.

mationen gehabt hätte . . . Aber ich bekam keine, nicht einmal von dem Arzt.

Alles, was man uns mitteilte, erfuhren wir bei einer Versammlung der Bluter-Vereinigung. AIDS, das war vor allem in Amerika eine Krankheit der Homosexuellen und der Drogensüchtigen. In Frankreich gab es nicht viel zu fürchten!

Wenn ich gewußt hätte, daß die Produkte verseucht waren, hätte ich die Transfusionen sofort gestoppt, es gab tausend andere Möglichkeiten der Behandlung. Es wäre noch nicht zu spät gewesen . . . Vor allem für Laurent, er war erst schwach seropositiv, er mußte im Mai oder Juni 1985 infiziert worden sein. Er hätte mit erhitzten Produkten gerettet werden können . . .

Aber der Bluter-Arzt sagte mir: »Setzen Sie die Prophylaxe fort . . . Hören Sie unter gar keinen Umständen damit auf . . .«

Und damals gab es erhitzte Produkte in Deutschland und in Amerika. Ich wäre um jeden Preis hingefahren. Aber man hat es uns nicht gesagt. Darum ist es ein Verbrechen.

STÉPHANE

Ich habe *Die Pest* von Camus für die Schule gelesen, es war nicht Pflicht, aber ich wollte ein Maximum an Literatur für das Französisch-Abitur lesen.

Es handelt von einer kleinen Stadt im Jahr 1940. Eine Stadt aus Beton am Meeresufer, wo es keine Bäume mehr gibt. Die Stadt ist mit dem Rücken zur Bucht gebaut, so daß man sie nur sieht, wenn man die Stadt verläßt. Alles ist wie in einem Uhrwerk geregelt, jedermann hat seine Gewohnheiten. Und in dieser Stadt entdeckt jemand eines Tages eine tote Ratte.

Er meldet es seinem Hauswart. Nach und nach gibt es tote Ratten überall in der Stadt, und es wird zu einem großen Problem. Und dann plötzlich nichts mehr, keine toten Ratten mehr. Aber nach einiger Zeit fängt der Hauswart an, sich elend zu fühlen, und er stirbt unter entsetzlichen Qualen. Es sind die Symptome der Pest, aber niemand hat sie erkannt. Es gibt zwanzig Fälle, und schließlich denkt der Arzt, unterstützt von einem älteren Kollegen, an die Pest. Die Testergebnisse bestätigen es.

Danach handelt das Buch von dem unterschiedlichen Verhalten der Leute angesichts dieser Krankheit. Die Seuchensperre wird verhängt, die Stadt vollständig isoliert und unter Quarantäne gestellt. Von diesem Moment an sieht man, wie jeder einzelne reagiert.

Ich weiß nichts über Camus, aber ich glaube, er hat durch dieses Buch sagen wollen, daß die Natur ihr Recht verlangt, was immer passiert. Was der Mensch auch tut, selbst wenn er die wahre Natur des Lebens unterdrücken will, sie kommt eines Tages dennoch immer wieder zum Vorschein.

Es ist gleichzeitig auch ein philosophischer Roman über die Art und Weise, wie gewisse Personen in einer solchen Lage reagieren. Es gibt jene, die versuchen, die Stadt zu verlassen, ungeachtet des Risikos, das sie für andere Menschen darstellen. Es gibt jene, die den Stier bei den Hörnern packen und versuchen, die Krankheit zu bekämpfen. Es gibt jene, die passiv dem Tod gegenübertreten. Mich hat das interessiert, weil ich wissen wollte, wie die Leute in einer solchen Situation reagieren, in dieser »blitzeblanken« Stadt, wo die Zivilisation die Oberhand gewonnen zu haben scheint und die Natur auf brutale Weise ihre Rechte geltend macht.

Um es klar zu sagen, man kann die Pest nicht mit AIDS vergleichen. Es handelt sich um zwei sehr verschiedene Krankheiten. Zunächst einmal ist die Pest ansteckend. AIDS dagegen ist übertragbar. Aber was Camus über die Reaktion der Leute angesichts ihrer Krankheit sagt, läßt sich auch in vielerlei Hinsicht auf AIDS anwenden.

Man weiß heute, daß man die Pest unter Kontrolle bringen

kann. Man kann es. Es gibt viele Krankheiten, denen man Einhalt gebieten kann. Aber heute gelingt es noch nicht, AIDS unter Kontrolle zu bekommen.

In ein paar Jahren wird es gelingen, und dann wird es andere Krankheiten geben.

»Wir waren glücklich«

PATRICE

Die Geburt meiner drei Söhne und meine Ehe sind wahrscheinlich die größten Freuden meines Lebens.

Mein Leben lang bin ich an Unglück gewöhnt gewesen. Seit meiner frühesten Kindheit. Mein Vater war nicht mein richtiger Vater, und ich hatte eine Mutter, die keinen, aber wirklich überhaupt keinen mütterlichen Instinkt noch Familiensinn hatte. Man hat ihr übrigens das Sorgerecht entzogen und meinem Vater auch. Im Alter von vier Jahren haben sie mich im Stich gelassen. Ich kam in ein von Nonnen geführtes Waisenhaus in Pension. Dort blieb ich ein Jahr, dann habe ich versucht auszureißen. Danach wurde ich hierhin und dorthin geschleppt, zuerst auf einen Bauernhof, dann von einem Heim zum anderen.

Eines Tages tauchten ein Onkel und eine Tante auf, die mich adoptierten. Nur mich, nicht meine Zwillingsschwester. Ich verstand nicht, warum, es war einfach so. Bei ihnen ging es mir gut, aber auch sie hegten keine mütterlichen Gefühle für mich. Es war eine egoistische Liebe, denn sie hatten keine Kinder. Es war eine unvollständige Liebe.

Aus diesen Gründen bedeuteten meine Begegnung mit Agnès, meine Ehe und die Geburt der Kinder ein solches Glück für mich. Als Stéphane, der erste, zur Welt kam, wollte ich bei der Entbindung dabei sein.

Wenn man ein Kind bekommt, dann zu zweit. Es war ungeheuer wichtig für mich, dabei zu sein und meine Frau seelisch zu unterstützen. Das ist wundervoll! Fabelhaft.

Als ich dann mein Baby zum ersten Mal sah, war ich . . . mein

Gott, wie soll ich das sagen? Wenn man ihn unter fünfhundert anderen getan hätte, ich hätte ihn sofort erkannt! Das ist etwas, das man nicht erklären kann. Eine Frage von Sensibilität. Ich weinte nicht, aber ich war der glücklichste aller Männer. Ich nahm ihn auf den Arm, es war großartig. Ich schaute ihn ganz genau an, um zu sehen, ob alles normal war, die Zahl der Zehen usw. Er war schön! Er wog 4,880 kg und maß 55 Zentimeter. Groß, gut proportioniert . . . Eine Wonne für einen Vater.

AGNÈS

Ich war zwanzig, als er geboren wurde. Wir waren so stolz! Ich hatte vorher eine Fehlgeburt gehabt, die mich deprimiert hatte, also war es wundervoll, er bedeutete sehr viel. Er war der erste Enkel in meiner Familie.

Und gleich am nächsten Tag machte man einen Test, eine kleine Blutprobe am Fuß, um zu sehen, ob er nicht Diabetiker war. Als sie das Pflaster entfernten, tropfte es noch immer, es tropfte, und es tropfte immer weiter. Als man ihm eine Sonde einführte, um ihm zu helfen, seine Luftröhre zu reinigen, spie er schon ein wenig Blut. Er war erst zwei Tage alt, und schon fingen wir an, uns Sorgen zu machen.

Man trennte ihn von mir, um ihn in die Frühgeburtsabteilung eines anderen Krankenhauses zu bringen und ihn dort zu untersuchen. Das war hart, ich ging jeden Tag hin, um ihn zu stillen. Ihm fehlte es an Vitamin K, er hatte Gelbsucht, man legte ihn unter Bestrahlungslampen, man gab ihm Injektionen . . . Und plötzlich sah ich meinen Kleinen mit einer Binde über den Augen unter einer Lampe, und er brüllte, seine Arme waren ganz lila . . . Ich sagte: »Mein Gott, was hat denn mein Sohn bloß? Patrice, was ist mit ihm?«

Ich werde es nie vergessen: Patrice fing zu suchen an, ging nach Hause und schaute in unserer medizinischen Enzyklopädie nach, und als wir den Arzt aufsuchten, lief folgendes Gespräch ab:

Der Arzt: »Ich weiß nicht, was los ist. Er hat Gelbsucht und nach wie vor so viele blaue Flecken, irgend etwas stimmt nicht . . .«

PATRICE:

»Er ist nicht zufällig Bluter?«

Der Arzt nahm es uns übel. Er knurrte, er werde es überprüfen, aber seiner Meinung nach bestehe dafür kein Grund, da in der Familie keine Bluterfälle bekannt seien, und daß sich dies zudem nur äußerst selten schon bei der Geburt feststellen ließ. Er war ein großer Professor, und es gefiel ihm nicht, daß Patrice allein darauf gekommen war . . .

Am nächsten Tag bestellte er uns in einen großen Saal, er saß hinter einem Tisch. Außer ihm waren noch Sekretärinnen, seine Assistenten, insgesamt fünf oder sechs Personen anwesend und zwei Stühle für uns . . . Als wir reinkamen, sagten wir uns: »Oje . . . Was wird das? Was wird er uns eröffnen?«

Ich war schon völlig verängstigt. Wir hatten schon so viele Probleme meistern müssen.

STÉPHANE

Meine Kindheit war glücklich. Zunächst, weil meine Eltern zusammen blieben, dieses Glück hat nicht jeder, es gibt so viele Scheidungen. Das ist viel wert, Eltern zu haben, die sich lieben. Und trotz der Bluterkrankheit, trotz all der Unfälle und Blutungen, die wir hatten, waren wir glücklich.

Meine Eltern versuchten zu kompensieren, so gut sie konnten, und taten alles, um uns das Leben weniger schwierig zu machen. Da Laurent und ich weder rennen noch springen durften, ließen sie uns unzählige andere Spiele spielen. Selbst die Freunde, die zu uns ins Haus kamen, beneideten uns. Wir hatten immer eine Kompensation für die Unannehmlichkeiten der Bluterkrankheit. Mama fand eine Arbeit, die sie zu Hause ausüben und uns gleichzeitig großziehen konnte. Und Papa war ständig erreichbar.

Als AIDS kam, umsorgten sie uns weiterhin, vor allem moralisch. Papa sagt, daß die Moral mehr als fünfzig Prozent der Heilung ist. Für die Behandlungen sind sie ausgerüstet wie Professionelle. Sie können das allein machen. Fast. Mein Vater, der ist beinahe der Arzt, Mama die Krankenschwester. Alle beide geben niemals auf.

Bluterkrankheit, AIDS, trotz allem betrachte ich mich nicht als unglücklich. Die Liebe meiner Eltern spielt eine große Rolle dabei.

PATRICE

Nach der Geburt von Stéphane war Agnès ziemlich verstört, es war eine schlimme Geschichte. Eine Zeitlang haben wir es niemandem gesagt, außer der engsten Familie. Ich wollte erst ein bißchen Abstand gewinnen. Das Krankenhaus hat uns die Adresse eines Zentrums für Bluterkranke im Chambéry gegeben. Und dort war es sehr hart. Man sagte uns: »Wenn er Blutungen hat und man ihn nicht sofort behandelt, und vor allem, wenn er keine Präventivbehandlung bekommen hat, wird er unwiderrufbare Folgen erleiden, Behinderungen, blockierte Gelenke und so weiter.«

In diesem Zentrum sah ich einen jungen Bluter, der durch eine Gehirnblutung blind geworden war. Viele behinderte Kinder in Rollstühlen, mit blockierten Gelenken, völlig verformter Wirbelsäule. Das hat uns wirklich tief erschüttert. Wir durften unser Kind nicht so werden lassen . . . Es mußte alles getan werden, um das zu verhindern, das schwor ich mir.

Ich habe schon sehr jung Unglück erfahren, ich würde sagen, ich bin nahezu an Unglück gewöhnt. Der Onkel, der mich aufgezogen hat, war herzkrank, und damals gab es die *pacemaker,* die

Herzschrittmacher, noch nicht. Sein Herz schlug nur neunundzwanzigmal pro Minute, er hatte regelmäßig Schwächeanfälle. Mir oblag es, ihn zu überwachen. Ich weiß nicht, wie oft ich ihn tot geglaubt habe. Das war hart für einen Jungen, und ich habe schon als Kind täglich an den Tod gedacht.

Im Alter von sieben Jahren wußte ich, mit den Krisen meines Onkels umzugehen: Er stand auf und fiel plötzlich um. Meine Tante, die ebenfalls leidend war, geriet in Panik. Ich hatte gelernt, daß man ihn mit dem Kopf nach hinten auf die Seite rollen, seinen Gürtel lösen und die Fenster aufmachen mußte. Dann rief ich den Krankenwagen. Ich hatte jedesmal unheimliche Angst, er könnte sterben. Ich versuchte, meine Bewegungen zu kontrollieren, aber es war eine echte innere Panik. Ich sagte mir, wenn mein Onkel stürbe oder meine Tante, wäre das für mich das Ende der Welt. Dies währte von meinem siebten Lebensjahr bis zu meiner Heirat mit fünfundzwanzig.

Große Freude herrschte an dem Tag, wo man ihn operierte und ihm einen Herzschrittmacher einsetzte. Er mußte alle drei Jahre erneuert werden. Das war jedesmal eine neue Angst. Eines Tages fiel er wegen einer Panne des Stimulators in Koma. Ich war fünfzehn Jahre alt. Der Arzt erklärte ihn für tot, es war entsetzlich. Und plötzlich fing er an zu sprechen! Er war nicht tot, nur scheintot. Was für ein Schock! Eine Sekunde vorher war ich vor Entsetzen wie versteinert, und dann war ich plötzlich glücklich, so glücklich!

Danach hat er noch lange Jahre gelebt, aber die Angst war ständig da: Man wußte nie, ob es das Gerät war, das aufgab, oder das Herz. Ich wagte es nicht, mit den Freunden auszugehen, ich hätte mich schuldig gefühlt, meine Tante allein zu lassen, die nicht imstande war, ihm zu Hilfe zu kommen. Ich hätte das auf dem Gewissen gehabt. Ich fühlte mich verantwortlich.

In der Schule war es bei diesem familiären Hintergrund

schwierig. Ich verließ sie mit dreizehneinhalb Jahren, mit erbärmlichen Noten in Rechtschreibung. Das machte mir Komplexe, die ich auch heute noch habe. Ich versuchte später, es aufzuholen, als ich schon im Arbeitsmilieu war. Ich wollte vorankommen, ich fühlte mich fähig, einen Haufen Dinge zu machen, die Mathematik lief gut, aber die Rechtschreibung ist wichtig. Ich wollte Feuerwehrmann werden und das Examen machen, aber ich erkannte, daß ich es wegen der Rechtschreibung nicht schaffen würde.

Mein Leben lang störte mich das. Ich verrannte mich, kaufte mir eine Selbstlernmethode. Drei Jahre lang stand ich jeden Morgen um drei Uhr auf, um zu lernen, bis ich um sieben Uhr dann zur Arbeit ging. Doch selbst nach drei Jahren intensiven Lernens hatte ich nichts dazu gelernt, es gelang mir einfach nicht. Es ging mir nicht in den Kopf, da war nichts zu machen. Als ich dagegen einen Kursus in Elektrizitätslehre machte, war ich unter den Besten.

Am 12. Mai 1975 – fünf Tage vor unserer Hochzeit – war ich Opfer eines schweren Unfalls. Ich kam von der Arbeit und war auf dem Weg zu dem Makler, der uns unsere Wohnung verkauft hatte, um mir die Schlüssel geben zu lassen. Ich war sehr glücklich, mein Auto war voll mit Bonbons, die ich täglich an die Familie und die Freunde verteilte. Ich fuhr in Grenoble eine Hauptstraße entlang, als plötzlich der Wagen vor mir brutal bremste. Er wollte einem anderen Wagen ausweichen, der das Stoppschild überfahren hatte. Ich erlitt einen heftigen Stoß: Der Wagen hinter mir hatte mich gerammt und gegen den vorderen Wagen geschleudert. Ich wurde sehr schwer an der Halswirbelsäule verletzt. Zwei Jahre Behandlung, 200 Spritzen, zahllose Infiltrationen, eine Thermalkur, Entzündungshemmer, Bestrahlungen und das Tragen einer Halsstütze während mehrerer Monate.

Natürlich mußte ich die Arbeit für ein Jahr aufgeben. Wir

hatten gewaltige Finanzprobleme, aber wir schafften es. Ich litt wirklich ungeheuer, aber wir wollten unsere Hochzeit nicht auf später verschieben. Mit geschwollenem Hals und geradegestrecktem Kopf war es trotz allem eine schöne Hochzeit.

Vielleicht liegt dem zugrunde, warum ich ständig mißtrauisch bin und versuche, alles vorherzusehen, warum ich permanent das nächste Problem erwarte. Das stammt aus meiner Kindheit. Agnès hatte eine glückliche Kindheit, sie war an all das gewöhnt, sie war wie ein Sonnenstrahl für mich, war immer fröhlich, liebte das Reisen, Ausgehen, Scherze, lächelte dem Leben immer entgegen, und das alles ist über sie hergefallen. Einfach so!

AGNÈS

Ich stamme aus einer Familie mit fünf Kindern, drei Mädchen und später zwei Jungen. Ich war die dritte. Mein Vater war Talsperren-Ingenieur, und ich war drei Jahre alt, als wir nach Indonesien zogen, auf die Insel Java. Es war ein leichtes Leben, ich tat, was mir gefiel, ich war glücklich, ich lief überall barfuß umher. Ich hatte einen richtigen kleinen Affen, keine Sorgen, uns ging es gut. Wir blieben drei Jahre dort. Dann ließen wir uns in Modane nieder, für den Bau der Talsperre vom Mont-Cénis, Kälte, Schnee, Skilaufen während des eisigen Winters. Dann radikale Veränderung: Marokko.

Damals kam ich in die sechste Klasse. Ich hatte keine Lust zu arbeiten. Ich war in einem Internat in Marrakesch, zum ersten Mal von meinen Eltern und meinen jüngeren Brüdern getrennt. Das machte mir sehr zu schaffen.

In der Schule lernte ich Freundinnen kennen, die voller Probleme steckten, und ihre Probleme berührten mich, es war mir viel wichtiger, ihnen zu helfen, als mich in die Schularbeiten zu vertiefen. Dann kehrten wir wieder nach Frankreich zurück und ließen uns in Grenoble nieder. Ich ging weiter zur Schule, aber ohne ausreichende Grundlagen fiel es mir schwer. Schließlich schaffte ich mit sechzehn die mittlere Reife nicht; für meine Eltern war das nicht sehr schlimm. Sie machten niemals den geringsten Unterschied zwischen uns, aber in Sachen Karriere bauten sie eher auf meine älteren Schwestern, die mehr Motivation hatten als ich. Mir sagte man: »Kümmere dich um deine Brüder« oder »Geh zu deinen Schwestern . . .«

So fand ich mich also mit sechzehn arbeitslos. Ich sagte mir: »Toll! Keine Schule mehr!« Leider fand mein Vater sehr schnell einen Posten als Lageristin bei einem Postkartenverlag für mich, und ich fing an zu arbeiten. Fünf Monate später lernte ich Patrice kennen.

Das war an einem Samstagabend auf der Eisbahn in Grenoble. Ich wartete, daß die Maschine mit dem Saubermachen der Bahn fertig würde, als ich jemanden hinter mir fühlte. Ich drehte mich um und sah Patrice. Er schaute mich an und lächelte. Ich ging auf die Bahn, da hörte ich plötzlich eine Stimme hinter mir: »Haben Sie Lust, eine Runde mit mir zu laufen?«

Es war wieder er. Ich sagte »ja«. Das ist genau neunzehn Jahre her. Seither haben wir uns keinen einzigen Tag mehr verlassen, und ich bereue es nicht. Ich fühlte mich nicht zu jung, ich wollte eine Familie haben, heiraten, mich niederlassen, und er sprach dann auch sehr bald von Heirat. Er war der erste, der mir sagte, daß er mich liebt. Er war so ernst, so unheimlich ernst, und ich so fröhlich und sorglos. Schon bald spürte ich, daß wir uns sehr nah waren, daß ich ihm vertrauen konnte. Er ist ehrlich und offen, jemand ungeheuer Solides.

Im Januar 1975 heirateten wir standesamtlich, ich war siebzehneinhalb. Es war eine einfache Zeremonie, und die kirchliche Trauung vollzogen wir fünf Monate später. Patrice trug mich im Brautkleid auf den Armen über die Schwelle unserer Wohnung. Es war so romantisch, wundervoll.

Ich erinnere mich noch heute daran, daß nach der standesamtlichen Trauung im Restaurant der Inhaber, der nicht wußte, daß es eine Hochzeit war, die Tische mit Ringelblumensträußen[1] dekoriert hatte. Meine Mutter machte damals eine Bemerkung darüber, und ich habe seither oft daran zurückgedacht. Was für ein Symbol! All die Sorgen, die man damals auf diesen Tisch stellte . . . Alle diese Probleme, die wir inzwischen gehabt haben . . .

Die Bluterkrankheit ist wirklich eine Schule der tagtäglichen Sorgen. Man trägt sie regelmäßig in das Gesundheitsbüchlein des Kindes ein. Eher ein Problembuch als ein Gesundheitsbuch.

Die präventive Transfusion ist zu einem zweiten Lebensstil geworden. Auf den Rat des Spezialarztes hin wurden die Transfusionen alle zwei Tage vorgenommen, ohne dabei die kleinen und großen Zwischenfälle mitzurechnen.

Unsere Kinder brauchten sich nur ein wenig den Knöchel verknacksen oder das Handgelenk, oder das Knie, oder die Hüfte, und sofort war da eine Blutung. Sie brauchten sich nur auf ein Spielzeugauto zu setzen oder kaum an einer Karre zu stoßen, sofort war es ein Bluterguß. Manchmal kannte man nicht einmal die Ursache. Diese Blutungen erschienen häufig ganz spontan.

Die meisten Leute stellen sich die Bluterkrankheit so vor, daß Blut fließt und nicht mehr zu fließen aufhört. Das ist es nicht. Innere Blutungen, Gelenkblutungen – das ist wesentlich heimtückischer. Man muß lernen, sie zu erraten, sie zu überwachen. Man vergipst einen Knöchel, man macht eine Transfusion, alles geht gut, und drei Tage später oder schon am nächsten Tag geht es wieder los. Der einfachste Milchzahn, der ausfällt, das winzigste Beißen auf die Zunge, der geringste Stoß am Knie, am Knöchel oder am Kopf bedeutet potentiell eine große Gefahr.

1 Ringelblumen heißen in Frankreich *Soucis,* »Sorgenblumen«, Anm. d. Übers.

Diese Blutungen können langfristige Behinderungen auslösen. Es ist zermürbend.

Ich wollte nicht, daß irgendwer mein Kind anfaßt. Ein Bluterbaby ist extrem empfindlich. Ich zählte die Blutergüsse, die er auf dem Bauch und an den Armen hatte, nur weil jemand ihn unvorsichtig aufgenommen hatte, nicht mehr. Gezwungenermaßen gewöhnt man sich daran. Ich würde nicht sagen, daß man fatalistisch wird, aber man lernt, die ernsten oder weniger ernsten Probleme zu erraten, zu wittern. Patrice und ich lernten, die Bluterkrankheit zu behandeln, indem wir an zahlreichen medizinischen Veranstaltungen teilnahmen. Wir machten eine Ausbildung für die Behandlung zu Hause, die von der AFH (Association française des hémophiles)[1] veranstaltet wurde. Genaugenommen wissen wir oft mehr über das Thema als manche Ärzte. Das ging so weit, daß wir, als auch Laurent als Bluter geboren wurde, schon ziemlich viel Erfahrung aufzuweisen hatten.

Was wir in erster Linie wollten, war, daß sie ein möglichst normales Leben führen könnten. Mit möglichst wenig Frustrationen und möglichst seltenen Krankenhausaufenthalten. Ehe wir in der Lage waren, ihnen die Transfusionen zu Hause zu machen, waren sie ganze Tage und Nächte im Krankenhaus. Wir hatten den Eindruck, dort unser Leben zu verbringen. Ich sah zu viele Kinder in diesen Krankenhäusern und Zentren, die quasi ausgesetzt waren, ohne einen Papa oder eine Mama in ihrer Nähe. Das eigene Heim ist für kranke Kinder das wesentliche Nest, Geborgenheit. Eltern zu haben, die sie selber behandeln, ich glaube, das ist besser für sie. Wir ließen sie nie allein.

1 AFH: »Französische Vereinigung der Bluter«

STÉPHANE

Zum Beispiel durfte ich nicht rennen. Ich wußte es, beinahe wie angeboren. Schon mit vier Jahren begriff ich: nicht rennen, nicht springen. Wenn ich ein Problem hatte, mußte man mir eine Transfusion machen. Das erschien mir normal, ich lebte so, es war einfach so. Auch wenn es sehr hart war. Aber mir war und ist noch immer lieber, wenn es mein Vater oder meine Mutter sind, die mir die Spritze setzen. Während der Ferien machten sie es im Campingwagen. Wir hatten das ganze Material, den Kühlschrank, den Faktor VIII, alles war immer bereit. Laurent und ich, wir waren daran gewöhnt, das Leben war eben so.

Ein bißchen später wurde es schwieriger, als ich sah, daß die anderen rennen und springen und lauter andere Sachen machen konnten. Ich fragte mich: »Warum verbietet man mir das alles?«

Und dann wird man vernünftiger. Mein Vater fand immer Lösungen, um uns zu helfen. Einen Helm zum Fahrradfahren, Knie- und Ellbogenschoner. Wir machten Bergwanderungen, sogar Klettertouren. Laurent kletterte sogar noch, als er schon AIDS hatte. Es tat ihm gut, in solchen Momenten erfolgreich zu sein. Er war stolz!

AGNÈS

Nach seiner Geburt blieb Stéphane zwei Wochen im Krankenhaus, und ich war unglücklich. Endlich konnte ich meinen Jungen holen, und wir sind eilig nach Hause gefahren. Wir haben uns seither nicht einen einzigen Tag mehr getrennt. Dank der Freundlichkeit meines Arbeitgebers hatte ich eine Arbeit, die es mir erlaubte, mich zu Hause um meine Kinder zu kümmern. Über meine Telefonzentrale erhielt ich Anrufe, die ich weiterleitete, das war angenehm und interessant, und der Vorteil war, daß Stéphane neben mir saß, an meiner Seite, und ich konnte immer ein Auge auf ihn haben.

Zu Anfang reagierte ich idiotisch. Acht Monate lang wollte ich nicht, daß man wußte, daß er Bluter war. Alle Welt sagte: »Oh! Wie schön dein Baby ist! Es ist superb!«

Es stimmt, er war fabelhaft. Schön, blond, superb. Man konnte nicht sehen, daß er anders war als die anderen, und ich sagte mir: »Warum ich? Warum? Was habe ich dem lieben Gott getan? Ich habe niemandem Böses getan. Warum ist er nicht wie die anderen?«

Man neigt dazu, die Mütter zu beschuldigen, denn sie sind es, die die Krankheit übertragen. Es war übrigens wahrscheinlich ein genetischer Unfall, denn in meiner Familie sind keine Bluterfälle bekannt. Man müßte mehrere Generationen zurückgehen . . .

Patrice und ich stellten uns die Frage: »Die Bluterkrankheit, was ist das?«

Wir lasen uns alles an. Und dann gingen wir in jenes Zentrum, wo man uns erklärte: »Sie haben ein einmonatiges Baby, wir können nichts für Sie tun. Warten Sie, bis er anfängt zu laufen und sich zu stoßen. Dann zeigen wir Ihnen, was Sie machen müssen!«

Dieses Zentrum war nicht gerade ermutigend. Damals hat mich das gewaltig geängstigt. Patrice ging anders damit um.

Er sagte zu mir: »Wir werden heiraten und eine Wohnung kaufen.«

Wir machten es. Dann sagte er: »Wir werden Kinder und ein eigenes Haus haben.«

Das ist geschehen.

Unser Haus baute er selber, praktisch ganz allein. Er zog die Mauern in einem Monat hoch, im Sommer. Im Jahr darauf das Dach. Er ist ein großer Handwerker. Er machte die Verkleidung aus Ziegeln, den Anstrich, die Böden, die Klempnerarbeiten, die Elektrizität . . . Alles, er machte alles. Und auch Mechanik. Im Augenblick baut er in der Garage einen ULM für Stéphane. Er hat goldene Hände.

Wir trafen immer alle Entscheidungen gemeinsam. Ich fühlte mich von Anfang an wohl mit ihm. Wir waren verliebt, wir sind es immer noch. Er ist arbeitsam, ernsthaft, wir arbeiteten alle beide hart, um dieses Glück aufzubauen. Mir geringen finanziellen Mitteln, aber wir schafften es.

Ihm also zwei Bluter-Kinder zu schenken, das war weiß Gott kein Glück! Und die Schule der Bluterkrankheit, die war wirklich hart!

Ich ging, das Bett zu polstern, damit Stéphane sich nicht den Kopf stößt, und den Hochstuhl polsterte ich ebenfalls. Jedesmal, wenn er sich am Arm oder am Knie stieß, hatte er einen Bluterguß. Wir polsterten also alles immer zu, überall.

Ich merkte, daß es für Mama unheimlich beunruhigend war, ihn zu hüten. Sie ist hinreißend und sehr hilfsbereit, aber es ist schwer, sich um ein bluterkrankes Kind zu kümmern, und bedeutet eine große Verantwortung. Selbst die Tagesmutter, ebenfalls sehr lieb, gab mir eines Tages den Jungen wieder und sagte dabei: »Ich kann ihn nicht mehr hüten, ich habe zu viel Angst . . .«

An jenem Tag mußten wir eine wichtige Entscheidung treffen, denn ich mußte aufhören zu arbeiten, um mich um Stéphane kümmern zu können, aber leider brauchten wir wegen des Kredits für die Wohnung beide Löhne, um durchzuhalten.

Patrice schlug mir vor, eine Hauswartstelle anzunehmen. Die Idee begeisterte mich zunächst nicht sonderlich. Wir gaben eine Annonce auf, und das erste Angebot war in einem alten Gebäude gegen eine kleine Zweizimmerwohnung. Wir lehnten ab. Ein paar Tage später bot mir der Direktor eines Erwachsenenbildungszentrums eine Stelle als Telefonistin mitsamt einer Wohnung an. Ich bin zehn Jahre dort geblieben!

Diese Arbeit kam für mich völlig unverhofft. Ich konnte meine Kinder großziehen und gleichzeitig Geld verdienen, und es erlaubte uns außerdem, zehn Jahre zu sparen und unser Haus zu bauen.

PATRICE

Der erste große Bluterguß ereignete sich, als er ungefähr drei Monate alt war. Als ich sah, wie verängstigt Agnès war und welche Schwierigkeiten sie hatte, mit der Situation fertig zu werden, da sagte ich zu ihr: »Hör zu, jetzt gibt es zwei Möglichkeiten. Entweder fährst du fort, nicht darüber zu reden und es für dich zu behalten, und es wird sehr schlimm. Oder wir packen den Stier bei den Hörnern, wir schmeißen uns wirklich rein, und alles wird in Ordnung kommen. Es gibt Lösungen, wir können die Blutergüsse vermeiden, wir müssen die empfindlichen Stellen schützen.«

Stéphane war acht Monate acht, als ich ihm ein völlig mit Schaumgummi ausgekleidetes Ställchen baute, mit einem Tisch aus Schaumgummi, einem Sessel aus Schaumgummi, ohne irgend etwas Hartes. Agnès knüpfte ein Netz aus mehr als 400 Metern Bindfaden. Er lernte darin laufen, und Laurent ebenfalls.

Ich würde sagen, daß die Bluterkrankheit etwas für Bastler ist. Man muß Bastler sein. Ich bin kein Intellektueller, ich bin Bastler, also bastelte ich alles, was ich konnte.

Ich wollte, daß er so normal wie möglich lebte. Ich erinnere mich an einen Tag in den Ferien am Meer, als Stéphane eine Wunde am Knie hatte und der Sand die Narbenbildung verhinderte. Es war nicht allzu schlimm, aber er durfte nicht aufs Knie fallen, denn es durfte kein Sand daran kleben bleiben.

Aus Draht, Schaumstoff und Bandagen fabrizierte ich eine Art Knieschoner, ähnlich, wie sie die amerikanischen Footballplayer tragen. Damit konnte er sogar ins Wasser gehen.

Im Campingwagen installierte ich ein Netz, damit er nicht aus der Koje fiel. Die Ferien im Campingwagen, das bedeutete eine unglaubliche Organisation. Wir hatten die Transfusionsflaschen und Massen von Material dabei. Wir mußten für jeglichen nur denkbaren Notfall gewappnet sein.

Aber als wir anfingen, ihm Knieschoner anzuziehen, hat man uns in der Vereinigung der Bluterkranken zunächst für verrückt erklärt! Ihrer Ansicht nach sollten die Kinder leben wie die anderen, ohne Schutz, auch auf die Gefahr hin, gelähmt zu bleiben.

Mir dagegen erschien es logisch. Die Ärzte sagten uns: »Wenn sie anfangen zu laufen, zu rennen, dann gibt es Blutungen in den Kniegelenken oder in den Fußgelenken, die zu dauerhaften Behinderungen führen können. Eine Zerstörung der Gelenke. Danach sind es die Hüften und dann die Wirbelsäule, eins nach dem anderen.«

Also sagte ich mir: »Da es an den Knien anfängt, dürfen sie keine Blutungen in den Kniegelenken haben, das ist simpel. Und von dem Moment an, wo sie laufen gelernt haben, wird's gehen.«

Und so ist es geschehen, und weder Stéphane noch Laurent haben irgendwelche bleibenden Schäden an den Gelenken gehabt. Für mich war das schon so etwas wie ein Sieg. Mit Ellbogen- und Knieschonern und einem Helm konnten wir sie viele Sachen machen lassen.

Wir haben viel Zeit investiert, das ist wahr. Aber wenn man seine Kinder liebt, dann ist das selbstverständlich.

STÉPHANE

Als ich ganz klein war, da ging es. Papa hat immer gebastelt, er brachte mir Lesen, Schwimmen, Skilaufen bei . . . und ich spielte massenhaft Spiele mit Mama. So viele, daß ich mich nicht einmal mehr erinnere, aber sie haben mich viel gelehrt.

Danach wurde es schwieriger, später. Was mir am meisten fehlte, waren Mannschaftsspiele. Ich hätte gerne an Wettkämpfen teilgenommen, Basketball gespielt. Ich interessierte mich sehr für den Kampfsport, auch heute noch, aber das ist ausgeschlossen. Judo zum Beispiel, völlig ausgeschlossen. Aber wir sind Ski gelaufen, zusammen mit Laurent, Klettertouren, Geländefahrrad, Schwimmen, viele Aktivitäten, die andere Kinder oft nicht machen!

AGNÈS

Es ist wahr, daß sie damals im Bluterzentrum fanden, wir würden sie übermäßig absichern, aber ich bereue es nicht. Ihrer Meinung nach sollten die Kinder »normal« leben, »normal« laufen. Und das Resultat: Manche fanden sich in einem Rollstuhl wieder. Ich wollte nicht, daß das meinem schönen Baby passierte.

Jedesmal, wenn er einen Bluterguß hatte, suchten wir nach der Ursache, und Patrice fand eine Lösung, es zu vermeiden, sofern es möglich war. Wir durften ihn nie aus den Augen lassen. Jeden Morgen zog ich ihm seine Knie- und Ellbogenschoner an. Ich hatte ein unglaubliches Sortiment von Knieschonern im Haus.

Patrice bastelte alles. Selbst Stéphanes ersten Helm für die ersten Schritte. Als er vierzehn Monate alt war, haben wir ganz vorsichtig angefangen. Was für eine Angst! Schrittchen für Schrittchen begleiteten wir ihn, wir waren ständig neben ihm. Zu Anfang nur zwanzig Zentimeter entfernt, dann ein bißchen weiter weg, und dann noch ein bißchen weiter weg.

Stéphane tat alles, was wir von ihm verlangten. Er hat eine freundliche Gemütsart, er ist immer glücklich zu leben. Er schenkte uns Vertrauen, und zusammen schafften wir es.

Als er in die Schule kam, zog ich ihm über den Schützern ganz lockere Hosen und Sweatshirts an, und er sah ganz normal aus. Alles war versteckt, aber er war abgesichert.

PATRICE

Die zweite Herausforderung bestand darin, es Stéphane zu ermöglichen, intakt das Erwachsenenalter zu erreichen. Gewöhnlich gestattet man den Blutern nur zu segeln, zu schwimmen und

Tischtennis zu spielen. Ich wollte mehr. Ich wollte, daß Stéphane Muskeln ausbildet, vorsichtig dosiert. Ich ließ ihn Langlaufski machen, statt ihn seine Zeit bei der Krankengymnastik verbringen zu lassen, wie man uns geraten hatte. Ich fand das barbarisch. Ich war glücklich, ihn glücklich zu sehen . . . Und außerdem konnten wir Transfusionen machen und die Blutergüsse diagnostizieren, die lebensgefährlich sein konnten.

Danach, und das war die Spitze, fingen wir auch noch mit alpinem Ski an. Stéphane hat jetzt das Niveau »Pfeil« erreicht. Wir genießen es, wenn wir Skilaufen gehen. Ich habe mir gesagt: »Wir haben gewonnen, wir haben die Bluterkrankheit besiegt!«

STÉPHANE

Schon mit drei Jahren hegte ich eine große Leidenschaft für das Fliegen. Ich habe immer davon geträumt zu fliegen. Meine Eltern haben mir erzählt, daß ich eines Tages beinahe von einem Balkon in der dritten Etage gesprungen wäre, so große Lust hatte ich zu fliegen. Lust, mich in die Lüfte zu erheben. Manchmal packte mich der Wunsch, ins Leere zu springen, um zu sehen, ich weiß nicht, warum, es war einfach so, und dabei war ich noch ganz klein! Ich weiß nicht, woher ich diesen Wunsch zum Fliegen habe, es ist eine Leidenschaft, eine wahre Leidenschaft.

Jetzt habe ich ein zweites starkes Hobby: Informatik. Das kam, als ich sechs Jahre alt war, mit meinem ersten Computer. Ich machte Spiele, kleine Programme, ich erfand welche und machte welche nach; ich liebte das, aber damals war es noch sehr begrenzt! Danach bekam ich einen etwas größeren Rechner, den ich lange behalten habe, ich programmierte ein bißchen mehr, aber die Spiele waren nicht besonders. Mit zehn oder elf stellte ich ihn in den Schrank, nachdem ich den von meinem Onkel Jean-Pascal gesehen hatte, der sehr viel leistungsfähiger war.

Jean-Pascal ist derjenige, der mir so gut wie alles beigebracht hat. Wir stehen uns sehr nah. Er ist elf Jahre älter als ich, und ich betrachte ihn wie einen großen Bruder. Er hilft mir sehr in meiner Krankheit. Wenn er am Wochenende kommt, verbringen wir zusammen die Zeit an meinem PC oder meiner Spielkonsole. Ich habe noch einen Onkel, Joël, der auch wunderbar zu uns ist. Ich bete sie beide an.

AGNÈS

Kinder wollte ich fünf, sechs, sieben! Ich liebe Kinder! Aber ich sagte mir: »Nicht sofort!« Wir mußten uns Zeit lassen und warten, bis Stéphane wenigstens fünf Jahre alt war, dann ist die schwierigste Zeit mit Bluterkindern überwunden. Sobald er einmal dieses Alter erreicht hat und in die Schule kommt, ist es o.k., noch ein Kind zu haben, und hundertmal weniger problematisch.

Aber wir hatten diese Wahl nicht. Ich wurde trotz einer Spirale wieder schwanger! Der Prozentsatz, er ist immer für uns! Zu Beginn meiner Schwangerschaft suchten wir einen Genetiker auf, der Proben bei mehreren Mitgliedern unserer Familie vornahm, um die Erbrisiken abzuschätzen. Aufgrund der Testergebnisse stellte sich heraus, daß Stéphanes Bluterkrankheit ein Zufall war und sich nicht wiederholen dürfte.

Um ganz sicher zu sein, mußte man damals nach England fahren und eine Bluntuntersuchung der Nabelschnur vornehmen, mit 50 Prozent Chancen, das Kind zu verlieren . . . Ich habe überlegt, wir haben beide überlegt. Eine therapeutische Abtreibung, nein, eine unbeabsichtigte Abtreibung auch nicht. Dieses Kind wollte kommen, trotz der Spirale, also mußte es kommen.

In der siebzehnten Schwangerschaftswoche sagte man mir, daß man durch eine Fruchtwasserprobe feststellen könne, ob es ein Junge oder ein Mädchen und ob es mongoloid sei. Es bestand noch immer das Risiko, das Kind zu verlieren, aber weit weniger groß. Diesmal habe ich es riskiert, und es ist alles gutgegangen. Es war ein Junge!

Der Arzt hat uns seinen Standpunkt erklärt: Er war generell gegen die Abtreibung, und in diesem Fall bestand nur eine geringe Wahrscheinlichkeit, daß das Kind bluterkrank sei . . .

Es blieben nur die Leute, die sagten: »Man hat nicht das Recht, solche Kinder in die Welt zu setzen!«

Aber ich dachte mir: »Dieses Kind hat die Spirale und die Fruchtwasserspiegelung überwunden . . . Ich hatte vor Stéphane schon eine Fehlgeburt gehabt, die mich sehr mitgenommen hat. Dies ist mein drittes Baby. Wenn ich keine weiteren mehr bekommen kann, werde ich mein Leben lang unglücklich darüber sein, es getötet zu haben, wo es doch kommen wollte.« Wir beschlossen, ihn Laurent zu nennen. Wir haben Laurent erwartet, und er ist gekommen.

PATRICE

Als wir Laurent bekamen, glaubte ich ebenso wie Agnès, daß die Tests, die nach Stéphanes Geburt vorgenommen worden waren, zuverlässig seien. In Wirklichkeit waren sie es nicht. Sie erlaubten nicht, mit Bestimmtheit auszuschließen, daß meine Frau Überträgerin sei.

Ich liebe Kinder und Agnès ebenfalls. Wenn unsere finanzielle Situation es erlaubt hätte, hätten wir mehr Kinder gehabt. Aber unter den gegenwärtigen Umständen sind drei das Maximum.

Außerdem genießt Agnès es, ein Kind zu erwarten. Es ist ein Zustand, in dem sie sich, ich weiß nicht, wie ich es ausdrücken soll, großartig fühlt, glücklich. Leben zu tragen ist die großartigste Sache der Welt. Also wurde Laurent geboren.

Ich war bei der Entbindung mit ebenso großer Freude dabei wie bei Stéphane. Ich ließ sie keine Minute allein. Agnès hatte eine Hämorrhagie. Nach der Entbindung brauchte sie eine Transfusion. Glücklicherweise war das im Jahr 1980. Man narkotisierte sie. Ihr blieben nur wenige Sekunden Zeit, ihr Baby zu liebkosen, dann nahmen sie Laurent zu einer Blutprobe mit.

Als Agnès ein wenig später im Kreißsaal wieder aufwachte, brachten sie Laurent zurück und legten ihn ihr in den Arm. In diesem Moment kam die Krankenschwester herein, völlig verstört. Wir schauten sie an, und sofort verstanden wir. Laurent war ebenfalls Bluter. Sie ging wieder hinaus. Ich erinnere mich, daß wir geweint haben, mit dem Baby zwischen uns . . .

STÉPHANE

Ich erinnere mich, als ich noch klein war und Laurent geboren wurde, da fragte ich Mama: »Wann kann er endlich mit mir spielen?«

Ich war drei Jahre alt und ganz allein. Es war nicht leicht zu warten, bis er mit mir spielen konnte.

Endlich ist es mir dann gelungen, ihm einen Haufen Sachen beizubringen. Ich muß acht oder neun gewesen sein, er fünf oder sechs, und wir spielten Spiele für Kinder, die viel größer waren als er. Spiele, auf deren Schachtel stand: »Ab 10 Jahre«!

Ich habe ihm alles beigebracht, sogar Monopoly. Da wir beide bluterkrank waren und nicht so herumtollen konnten wie die anderen, haben wir auf diese Weise zusammengefunden. Wir waren uns so nah.

Ich habe mich viel mit ihm beschäftigt. Als ich dann in die sechste Klasse kam, habe ich ein bißchen aufgehört und unsere gemeinsamen Spiele vernachlässigt. Er nahm es mir übel. Später, gegen Ende, fing ich damit wieder an. Aber als ich ins Gymnasium kam, war er noch in der Grundschule, und der Abstand zwischen uns vertiefte sich. Er wollte, daß ich mit ihm spielte, aber ich hatte meine Freunde, meine Leidenschaften und meine Schulaufgaben. Es war nicht mehr wie vorher.

Aber ich hoffte damals, daß wir wieder zusammenfinden würden, sobald er auch ins Gymnasium käme. Aber als er in die sechste Klasse kam, ging es ihm schon ziemlich schlecht. Er verbrachte einen halben Tag in der Schule, und ich war in der neunten Klasse. Wir haben nicht wieder zusammenfinden können. Er fehlt mir, wegen all dieser Sachen, er fehlt mir, weil wir nicht mehr zusammen sind. Ich habe ihn so lieb gehabt.

AGNÈS

Als die Krankenschwester mit Laurent im Arm zurückkam, sahen wir ihren Blick und verstanden sofort. Patrice und ich haben geweint. Wir hatten gehofft ... Und dann, nach den Tränen, haben wir uns, wie immer, alle beide gesagt: »Gut! Was machen wir? Na! Wir werden uns der Aufgabe stellen und weitermachen.«

Ich blieb fünf Tage auf der Entbindungsstation, das Baby in den Armen. Niemand durfte es anfassen, ich hatte meine Erfahrungen mit Stéphane gemacht, ich wollte nicht, daß man ihm auf den Bauch drückte und damit einen Bluterguß hervorrief, um dann meinen winzig Kleinen mit einer Transfusion wiederzufinden ...

Er wurde am 21. Juli 1980 geboren, drei Jahre nach Stéphane. Stéphane war gerade aus dem Bett gefallen, aufs Gesicht, daran erinnere ich mich noch. Er hatte noch immer die blauen Flecken. Er hatte die Geburt von Laurent mit uns, mit mir erwartet, wir sprachen viel davon. Es war sehr stark zwischen Stéphane und mir, dieses Warten, wir waren ständig zusammen, er hat es mit mir zusammen gelebt. Als er ihn ankommen sah, war er glücklich! Ich sagte: »So ist es nun! Sie sind alle beide Bluter, sie werden auf die gleiche Weise großgezogen, es gibt keinen Unterschied zwischen ihnen.« Ich finde immer die positive Seite an den Dingen.

PATRICE

Solange wir die Spritzen nicht selber geben konnten, verbrachten wir Tage und Nächte, Sonntage und Feiertage im Krankenhaus. Ich sagte zu Agnès: »Wir werden die Krankheit gründlich studieren, Lehrgänge besuchen, medizinische Vorträge anhören, andere Familien kennenlernen und aus ihren Erfahrungen lernen. Wir müssen genauso viel über die Bluterkrankheit wissen wie die Ärzte oder vielleicht sogar noch mehr. Mit Erfahrung werden wir das Übel meistern, wir müssen stärker sein als die Krankheit, antizipieren, alles wissen.«

Also lernte ich als erstes, Injektionen zu setzen, dann brachte ich es Agnès bei. Das Leben wurde wesentlich einfacher. Wir waren nicht mehr ständig gezwungen, ins Krankenhaus zu rennen, außer bei schweren Unfällen.

In der Schule war es einfach. Sobald eines der Kinder wegen etwas klagte, hatte der Lehrer die Telefonnummer von Agnès, die an ihrer Zentrale arbeitete. Sie war immer erreichbar. Und ich trug ständig ein eingeschaltetes Eurosignal bei mir. Das Eurosignal piepste häufig. Wir hatten zwei Linien: Linie 1 und Linie 2. Wenn die 1 sich einschaltete, wußte ich, daß es wichtig war, aber daß ich fünf Minuten Zeit hatte, um zurückzurufen. Wenn es die 2 war, dann hieß das, daß ich auf der Stelle ins Krankenhaus stürmen mußte, weil eines der Kinder in einem Krankenwagen oder einem Auto der Feuerwehr mit Agnès auf dem Weg dorthin war.

In der Schule hatte ich eine Entlastungsbescheinigung unterschrieben: Wir waren allein verantwortlich. Es war ein Mittel, um die Lehrer zu beruhigen. Wir wollten die Kinder auf keinen Fall in einem Zentrum für Bluterkranke einsperren, sondern sie so weit wie möglich wie die anderen leben lassen.

Sehr wenige Leute sind bereit, bluterkranke Kinder zu hüten . . . Die Leute haben Angst. Und ich verstehe sie. Wir hatten zwei kleine

Söhne mit Hämophilie A, das heißt schwer bluterkrank. Weniger als 1 Prozent des Faktors VIII. Sie hatten also ununterbrochen Probleme. Und es war an uns, die Verantwortung für sie zu tragen.

Jeder Bluter ist ein spezieller Fall, jeder reagiert auf seine Weise auf Blutungen und auf die Behandlung. Wir kannten unsere Kinder und waren daher die Kompetentesten, um sie zu behandeln. Damals belegten die Ärzte im Laufe ihres Studiums nur eine Stunde zu dem Thema Hämophilie. Und wenn sie praktizieren, begegnen sie nur äußerst selten schweren Fällen von Bluterkrankheit.

STÈPHANE

Es gibt Eltern, die begreife ich nicht. Manche sind unfähig, ein Opfer für ihre Kinder zu bringen, nichts. Andere, die sie daran hindern, so zu existieren, wie sie wollen. Andere, die nur aus ihrem Egoismus heraus denken. Andere, die sich scheiden lassen. Für ein Kind ist es nicht gut, seine Eltern irgendwo in Frankreich verstreut leben zu haben. Eltern, die ihre Kinder lieben, das ist wichtig, das ist normal. Die anderen sind es, die nicht normal sind.

Laurent und ich, wir haben Glück gehabt. Ich wiederhole mich, aber ich finde das unheimlich wichtig. Sie waren immer da, für alles. Das ist nicht jedem gegönnt.

AGNÈS

Patrice ist sehr fürsorglich. Er ist wie ich! Seine Kinder, die sind sein ein und alles. Er schafft alles. Er fragt: »Hast du ihn gefüttert? Ja? Nein?«

Wenn nicht, dann macht er es. Dann: »Um wieviel Uhr muß er in die Schule?«

Und so fort. Er wickelt die Dinge mit mir zusammen ab, völlig natürlich und ohne Probleme. Wir ergänzen uns. Er hat Stéphane und Laurent ebenso oft gebadet und gewickelt wie ich.

Nach der Geburt von Laurent sind wir mit den Kindern überall hingefahren. Patrice mit dem Kinderwagen oder mit Stéphane auf dem Arm, ich mit dem Känguruhbeutel . . . Île de Ré, Île d'Oléron, Île d'Aix, La Rochelle, im Boot durch die Sümpfe des Poitou! Wir konnten nicht aufhören! Es war unsere Weise, in jener Zeit vor den Problemen zu flüchten. Und auch später fuhren wir in die Ferien, mit allem, was nötig war.

Ich nahm so viel auf mich! Von den Hämophilen-Büchlein habe ich mehr als eines vollgeschrieben! In zehn Jahren 120 Blutungen im Fußgelenk für beide, das bedeutet 120 Transfusionen, den geschwollenen Knöchel in einer Gipsstütze für mehrere Tage stillegen, dann Rehabilitationsgymnastik. Und bums! Es gibt wieder nach. Man muß alles von vorn anfangen, und in der Zwischenzeit ist eine Hämorrhagie in der Kehle, eine Wunde auf der Zunge.

Im September 1987 mußte Stéphane mit einem Herpes am Auge ins Krankenhaus. Das war äußerst schmerzhaft, und er litt sehr. Die Ärzten stellten ihn unter Zovirax und Morphium, um die Qualen zu verringern. Und dann, drei Tage später, am frühen Nachmittag, klagte er über heftige Bauchschmerzen in der Gegend des Blinddarms. Er sagte es dem Arzt, der ihn untersuchte und eine akute Blinddarmentzündung diagnostizierte.

Kurze Zeit darauf erschien ein Assistenzarzt, der ihn seinerseits untersuchte, dann der diensthabende Chef, unterstützt von dem Chirurgen. Patrice konnte diese Anhäufung unvorsichtigen Abtastens immer weniger mitansehen. Stéphane ist schwer bluterkrank. Also wollte er dieses Paradieren der Ärzte stoppen. Er erklärte ihnen, warum sie aufhören müßten: Sie liefen Gefahr, eine innere Blutung zu verursachen.

Man antwortete ihm: »Sie übertreiben! Da besteht überhaupt kein Risiko!«

Trotz ihrer Versicherungen ist Patrice hartnäckig geblieben und hat ihnen verboten, die Manipulationen fortzusetzen.

Ein paar Stunden später klagte Stéphane, der noch immer unter seinem Herpes und der Blinddarmentzündung litt, über einen zusätzlichen Schmerz in der Blasengegend. Der neue Schmerz wurde von Stunde zu Stunde schlimmer. Er sagte es den Ärzten, die ihn erneut untersuchten, ein bißchen vorsichtiger diesmal, und dann beschlossen sie immerhin, eine Echographie vorzunehmen.

Es ist immer schwierig! Jedesmal, wenn unsere Kinder eine Untersuchung über sich ergehen lassen müssen, besteht Patrice darauf, dabei zu sein, um verstehen, lernen und in voller Kenntnis der Sachlage mit den Ärzten diskutieren zu können. Man muß wissen, ob diese oder jene Untersuchung nicht Probleme von Hämorrhagien nach sich zieht. Und in den meisten Fällen hat man es mit Ärzten zu tun, die die Bluterkrankheit sehr wenig kennen. Das war an jenem Tag der Fall.

Patrice blieb also bei der Echographie dabei und konnte sehen, daß Stéphane einen anormalen Fleck in der Höhe der Blase aufwies. Der Arzt diagnostizierte: »Eine Infektion des Blinddarms, die sich bis zur Blase fortsetzt. Das hat mit AIDS zu tun.« Patrice fand das unlogisch. Das war keine erkennbare infektiöse Verbindung zwischen den beiden Organen. Wir haben uns gedacht, daß dieser Fleck eine Unterleibs-Hämorrhagie, verursacht durch das wiederholte Abtasten, sei, und haben es dem Arzt gesagt, der uns versicherte, daß er das für ausgeschlossen hielt.

Am Abend gegen 21 Uhr litt Stéphane dann schrecklich. Patrice und ich waren überzeugt, daß es sich um eine Unterleibs-Hämorrhagie handelte, und beschlossen, ohne auf die Ärzte zu hören, ihm eine Transfusion zu machen. Wir sind zu sehr daran gewöhnt, wir wissen, daß man kein Risiko eingehen darf.

Zwei Stunden später ließen die Schmerzen an der Blase nach, was selbstverständlich die These von der inneren Blutung bestätigte. Am nächsten Tag hatte Stéphane an jener Stelle keine

Schmerzen mehr. Aber die Blinddarmoperation war für den gleichen Tag um 18 Uhr angesetzt worden. Also spritzte Patrice Stéphane, ehe er ihn in den Operationssaal bringen ließ, Faktor VIII ein, installierte eine Transfusion und nahm wie üblich die gesamte Verantwortung für die antihämophile Behandlung von Stéphane auf sich.

Wenn er das tut, dann informiert er den Arzt, und wenn der geringste Zweifel über die Dosierung oder die Frequenz der nötigen Transfusionen besteht, konsultiert er die Bluter-Spezialisten. Patrice informiert sich immer gründlich, ehe er handelt. Er ist extrem vorsichtig. Ohne diese Vorsicht hätten wir an jenem Tag Stéphane beinahe verloren.

Eine Stunde später kam der Chirurg staunend aus dem Operationssaal. Er hatte keine Ahnung gehabt, man hatte ihm nur gesagt, er habe einen Blinddarm zu operieren! Er sagte uns: »Ich würde das gern verstehen, ich habe eben operiert, ich habe alles geprüft: keinerlei Infektion im Bereich der Blase. Aber andererseits habe ich ungefähr einen halben Liter Blut aufgetupft!«

Patrice hatte recht gehabt. Wenn wir dem Jungen am Vorabend nicht heimlich eine Transfusion gemacht hätten, hätte er es nicht überlebt! Wir kennen einen, bei dem der Arzt wegen einer »kleinen Beule« keine Transfusion machen wollte ... Patrice hatte den Eltern dringend geraten, ihm die Transfusion zu geben, und hatte insistiert, aber der Arzt sagte zu ihm: »Monsieur Gaudin, Sie übertreiben immer.«

Der Kleine war vom Sofa auf den Teppich gefallen ... eine »kleine Beule«. Sie haben keine Ahnung von einem Notfall eines Bluters. Wir wissen Bescheid.

Acht Tage später waren wir bei der Beerdigung des Kleinen. Ja.

PATRICE

Ich war glücklich. Wir waren autonom geworden, wir machten die Transfusionen selber und konnten so das Krankenhaus oft vermeiden. Ich habe gekämpft, um eine für die Bluterkrankheit angemessene Regelung durchzusetzen. Wir hatten gewaltige Probleme mit den Krankenhäusern. Damit eine Krankenschwester sofort eine Injektion von Faktor VIII machen kann, braucht sie die Genehmigung und die Anwesenheit des Arztes. Häufig war der Arzt nicht da. Ich wollte die Spritze selber machen, aber man verweigerte mir das Recht. Ich habe grauenvolle Auseinandersetzungen geführt.

Ich sagte: »Ich habe das Leben meines Sohnes in meinen Händen. Ich will nicht das Risiko eingehen, daß er lebenslänglichen Schaden erleidet. Ein Bluterguß am Kopf kann zu einer Gehirnblutung führen . . . Ein Hämatom am falschen Ort eine lebenslängliche Behinderung . . .«

Ich kämpfte wie ein Teufel; ich brauchte mehr als ein Jahr, um das Recht zu bekommen, im Krankenhaus selber die Transfusionen durchzuführen. Inzwischen werden 80 Prozent der Transfusionen und Blutproben von Agnès und mir durchgeführt. Uns ist es lieber, es selber zu machen, um ihre Venen in gutem Zustand zu erhalten, was für einen Bluter ungeheuer wichtig ist.

Einmal habe ich einer Krankenschwester sogar gesagt: »Ich muß die Dinge in Gang bringen. Ich will nicht das Risiko auf mich nehmen, daß einer meiner Söhne eines Tages behindert ist, weil man auf die Genehmigung von irgendwem hat warten müssen! Ich habe die Pflicht, es zu tun, es ist meine Pflicht als Vater!«

Manchmal waren es schlimme Konflikte. Ich habe viele Schlachten gewonnen, das ist wahr. Agnès ebenfalls. Die Schlacht gegen die Bluterkrankheit, die haben wir gemeinsam gewonnen.

Wir waren glücklich. Sehr glücklich. Das dritte Kind, Alexandre, war ein gemeinsamer Beschluß. Im Laufe der acht Jahre hatte die Medizin große Fortschritte gemacht. Man machte eine Trophoblast-Probe[1], schmerzlos und mit einer Echographie. Am nächsten Tag ein Anruf, der uns informierte, es sei ein Junge. Ich habe zu Agnès gesagt: »Bei unserem üblichen Glück ist er auch wieder bluterkrank.«

Vierzehn Tage später erhielten wir einen Anruf, der uns mitteilte: »Er ist normal, alles in Ordnung.«

Da sind wir vor Freude alle in die Luft gesprungen. Wir erwarteten Alexandre. Keine Hämophilie. Wir hatten drei Söhne, und Agnès liebt Kinder. Sie war so stolz auf ihre Jungen.

Glücklich. Wir waren wirklich glücklich. Stéphane war gut in der Schule, es fiel ihm leichter als Laurent, aber sie hatten beide mehr oder weniger die gleichen Ergebnisse, Laurent arbeitete ein kleines bißchen mehr als Stéphane . . . Wir hatten alle Schwierigkeiten überwunden.

Sie waren ohne bleibende Schäden herangewachsen, sie waren schön, sie trieben Sport und viele andere Aktivitäten. Wir hatten das Kap der schwierigen Jahre genommen, mehr als zehn Jahre der Entbehrungen, ständig wachsam, ständig in ihrer Nähe; Agnès hatte ihre Arbeit aufgegeben und eine Hauswartstelle angenommen, um ihnen noch näher zu sein; mein Arbeitgeber erlaubte mir, unbezahlten Urlaub zu nehmen, damit ich mich mit ihr zusammen um die Kinder kümmern konnte. Ich baute unser Haus. Wir hatten keine großen finanziellen Mittel, aber man kann sich auch mit wenig gut amüsieren.

Dann wurde Alexandre geboren, er war nicht bluterkrank, er hatte keine Probleme.

1 Die äußere Schicht der Plazentazotten, anhand derer man einen genetischen Test durchführen kann, der festzustellen erlaubt, ob das Kind bestimmte Anomalien aufweist

Ich hatte drei Söhne, ich war ein überglücklicher Vater, ich, der ich meinen Vater nie gekannt habe. Sie würden heranwachsen und Erwachsene werden. Wir hatten so unheimlich gekämpft, Tag um Tag. Wir hatten dieses friedliche Glück verdient.

Und dann kam AIDS.

Der Kampf mit dem Tod

AGNÈS

Im Januar 1989 ging es Laurent sehr schlecht. Der Arzt gab ihm keine sechs Monate mehr. Er entleerte sich völlig, er hatte Durchfälle, er wurde magerer und magerer ... Der Arzt war völlig verstört und sagte zu uns: »Das ist AIDS, wir müssen eine Therapie anfangen.«

Und in Laurents Gegenwart sagte er: »Ich kann nichts mehr für ihn tun.«

Damals kamen die ersten Entschädigungen an. Wir haben sie verweigert, denn wir hätten unterschreiben müssen, daß wir keinerlei juristische Schritte unternähmen, um 100 000 Francs zu bekommen. Das war die Entschädigung für einen durch Transfusion aidskrank gewordenen Bluter, 100 000 Francs!

Wir haben also diese Mittel aus dem Privatfonds abgelehnt. Wir hatten gegen die Ärzte geklagt, die unsere Kinder verseucht haben, und es kam überhaupt nicht in Frage, das Verfahren einzustellen. Andererseits konnten wir keine öffentlichen Gelder beantragen, denn dafür mußte man »AIDS-deklariert« sein (das heißt, im fortgeschrittensten Stadium der Krankheit). Stéphane und Laurent wurden alle beide im März 1991 »AIDS-deklariert«.

Im Oktober 1988 hatte Laurent nach einem leichten Schock am Kopf eine erste Gehirnblutung. Es ging ihm schlecht, sehr schlecht ... er lag auf der Intensivstation. Stéphane und ich standen hinter der Glasscheibe und ließen ihn nicht aus den Augen. Er lief ganz rot an, und Speichel rann ihm aus dem Mund. Ich hatte solche Angst, so unheimliche Angst ... Wir klopften gegen die Scheibe, weil der Arzt nicht sah, was passierte. Ich verstand nicht, was mit Laurent los war, ich hatte einen solchen Krampf noch nie gesehen.

In jenem Moment sah ich ihn sterben ... Den Augenblick werde ich nie vergessen, mein kleiner Junge, ganz rot angelaufen, schaute uns nicht mehr an. Seine Augen waren leer, schauten ins Leere.

Sie gingen zu ihm und führten uns weg. Stéphane und ich drückten uns ganz fest die Hand und sagten: »Wir werden Laurent verlieren, wir werden Laurent verlieren ...

Der Scanner hatte eine Gehirnblutung diagnostiziert. Also hatte man eine Transfusion vorgenommen, gespritzt, wieder gespritzt. Er kam darüber hinweg.

In der gleichen Zeit mußten wir gegen diese fürchterlichen Durchfälle kämpfen. Wir fingen ein Diätprogramm an und versuchten, mit kleinen Mitteln zu helfen. Es ging ihm reichlich besser. Die Durchfälle hörten auf. Eine Tour auf dem Karussell auf der Kirmes löste im April 1989 eine weitere, schwere Gehirnblutung aus, aber er überstand sie besser als die erste. Trotz alledem war das Jahr nicht allzu schlecht. Ihm ging es gut. Wir schöpften wieder Hoffnung. Wir sagten uns, er würde wieder gesund werden.

Aufgrund dieser Gehirnblutung waren wir gezwungen, ihm Transfusionen in großen Mengen zu geben, was seine Immunkräfte durcheinanderbrachte. Wir hatten die Behandlung gegen AIDS verweigert, weil sie immunitätsmindernd war und beträchtliche Nebenwirkungen aufwies.

Die Ärzte waren darüber natürlich nicht glücklich. Aber alle unsere Bluter-Freunde, die diese Behandlung durchgemacht hatten, waren in jämmerlichem Zustand. Sie zeigten uns ihre Blutanalysen, es war schrecklich, viel schlimmer als bei Laurent und Stéphane. Sie hatten wenigstens ihre roten und weißen Blutkörperchen und ihre Blutplättchen. Die anderen befanden sich in einem fürchterlich anämischen Zustand. Einer von ihnen drehte durch. Er wurde interniert. Andere sind unter grauenvollen Leiden gestorben. Und dazu kommt, daß man, wenn man einige Medikamente nimmt, bestimmte Behandlungen drei Jahre lang nicht machen darf . . .

Und es brachte überhaupt nichts! Wir sagten uns: »Wozu soll es gut sein, sie das nehmen zu lassen? Wozu sollen wir sie mit Drogen vollstopfen, wo es den anderen noch schlechter geht?« Wir hatten absolut kein Vertrauen mehr in die Medikamente, nach dem, was sie angerichtet hatten.

PATRICE

Wenn ich immer wieder sagen höre: »Endlich! Man hat etwas gegen AIDS gefunden, man macht Fortschritte, man wird es schaffen!«, dann glaube ich es nicht. Es gibt Scharlatane, die angeblich Mittel gefunden haben, und Kranke, die meinen, sich ein bißchen besser zu fühlen und die sich täuschen. Man erzählte uns von gewissen neuen Behandlungen, von neuen Wundermitteln! Doch Vorsicht, man könnte sich leicht vertun. Ich sagte mir: »Wenn ich mich irre, dann habe ich es auf dem Gewissen.«

Es kommt vor, daß sich Kranke von gewissen Ärzten vergiften lassen. Sie nehmen alles. Moralisch ist es ihnen völlig egal, sie haben aufgegeben und überlassen sich den anderen.

Ich weiß, daß die Medizin uns im Augenblick nur sehr wenig anzubieten hat. Ich weiß, daß, wenn Laurent im Januar 1989 jene Behandlungen durchgemacht hätte, wir ihn nicht einmal mit etwas anderem gegen seine Toxoplasmose hätten behandeln können . . .

Ich suche überall nach Informationen, ich erkundige mich, ich studiere, ich mißtraue, ich fasse zusammen. Es ist ein alltäglicher Kampf. Ich habe zu große Angst, daß mir etwas entgehen könnte. Es ist eine schwere Verantwortung.

Im Fall von Laurent, ist mir da etwas Wichtiges entgangen? Heute weiß ich mehr als damals.

Ich hätte es vielleicht noch ein bißchen hinauszögern können ... Irgendwann habe ich sogar Agnès erneut gefragt, ob sie der Meinung sei, die Mittel zu versuchen, die man uns vorschlug. Wir haben uns alle beide die Frage gestellt und tagelang darüber geredet. Wir wollten die Leute wieder kontaktieren, die sie nahmen und die wir kannten. Es war entsetzlich. Sie waren alle gestorben. Sie waren zur gleichen Zeit infiziert worden wie Stéphane und Laurent, und sie waren alle schon tot.

STÉPHANE

Manche Medikamente werden an der Börse gehandelt. Das ist krank. Mit einem Medikament Geld zu machen, das erscheint mir krankhaft. Die pharmazeutische Industrie muß Gewinn machen ... Das muß sie, aber in Maßen. Ich habe von einem Journalisten gehört, der sich mit der Blut-Affäre beschäftigt, daß gewisse Ärzte, die an einem Forschungsprojekt beteiligt sind, bezahlt werden, wenn sie einen Kunden für bestimmte Mittel finden. Das ist krankhaft!

Viele AIDS-Kranke haben ein Mittel abgesetzt, weil es ihnen mit dem, was man ihnen verschrieb, noch viel schlechter ging, und einige sind unter unglaublichen Qualen gestorben.

Die medizinische Forschung tritt auf der Stelle. Sie werden mit Sicherheit etwas finden. Aber wann? Ich weiß es nicht. Vielleicht in zehn Jahren? Wie auch immer, dann werden sie sich unverhofft mit was anderem konfrontiert sehen, einem anderen Virus, noch schlimmer, und sie werden fünfzehn Jahre brauchen, um ihn ausfindig zu machen.

Ich glaube, sie sind im Augenblick dabei zu erkennen, daß sie sich auf dem Holzweg befinden. Sie wissen, daß sie nichts erreichen, und vor allem, daß es ihnen nicht gelingt, sich etwas anderes zu erdenken. Eine neue Sichtweise zu finden, zu erfinden.

Sie sind sehr weit gegangen, sie sind am Ende. Sie haben keine Lösung, sie befinden sich auf dem Holzweg.

Müßten sie nicht versuchen, sich um die Ursachen der Krankheit zu kümmern, statt um die Symptome?

Als ich jünger war, wollte ich Forscher werden, aber nicht im medizinischen Bereich, nicht, um mich auf gelernte Gesetze zu beschränken, denen man nicht entkommt.

Ich berichtige: mich auf moralische Gesetze zu beschränken, das ja.

AGNÈS

Laurent begann, in Etappen zu leiden. Er wurde im März 1991 anläßlich der ersten Gehirntoxoplasmose »AIDS-deklariert«. Wir gingen Ski laufen, weil er Lust dazu hatte, aber er stürzte wie ein Mehlsack, er verlor das Gleichgewicht. Wir dachten zunächst an eine weitere Gehirnblutung und brachten ihn schleunigst ins Krankenhaus, um eine Skanneruntersuchung zu machen. Er sagte: »Mama, es tut weh . . . es tut weh . . .«

Es war eine Gehirntoxoplasmose, eine Infektion, die von einem Parasiten verursacht wird, dem Toxoplasten. Ich hörte den Arzt sagen: »Es ist ein Eiterbeutel, ein Abszeß, der sich im Kopf entwickelt, auf bestimmte Teile des Gehirns drückt und eine gewisse Anzahl von Zellen zerstört.«

Laurent konnte nicht mehr sprechen, er verlor das Sprachvermögen und konnte einen Arm nicht mehr bewegen. Dann fiel er ins Koma. Man gab ihm Medikamente, die es ihm erlaubten, wieder hochzukommen und die Toxoplasmose zu überwinden, aber sie schwächten ihn auch enorm.

Im Krankenhaus fühlten wir uns nicht wohl. Er auch nicht. Er wollte wieder nach Hause. Wir verbrachten nur wenig Zeit dort, für Laurent zweimal vier Tage in drei Jahren. Wir schliefen alle beide im Krankenhaus neben ihm. Sobald er wieder sprechen konnte, waren die ersten Worte, die er sagte: »Mama . . . nach Hause.«

Wir kehrten heim. Das war der Moment, wo er »AIDS-deklariert« wurde.

Ab da gehört man zu einer bestimmten Kategorie von Individuen. Man ist nicht mehr einfach nur HIV-positiv. Übrigens, wenn die Leute das Thema anschneiden, fragen sie sofort: »Was sind Sie genau?«

Man antwortet: »AIDS-deklariert . . .«

Bei AIDS gibt es mehrere Phasen. Zunächst ist man seropositiv, dann lassen die Immunkräfte nach, und Lymphknoten machen sich ein bißchen überall bemerkbar. Dann kommt das Vorstadium von AIDS: Bronchitis, Husten, der nicht mehr aufhört, Gewichtsverlust und kleine Krankheiten. Schließlich eine schwere »opportunistische« Krankheit: Kaposi-Sarkom oder Krebs oder Gehirntoxoplasmose. Damit wird es zu deklariertem AIDS.

Der Arzt unterschreibt ein Papier, man wird bei der Präfektur »deklariert«, für die AIDS-Statistik.

Man hat das Gefühl, einen gelben Stern zu tragen.

Laurent Gaudin, AIDS-deklariert, Phase 4, Kategorie 1 oder 2, je nach Schweregrad.

Einen Monat lang schlief ich mit Laurent auf dem Sofa. Oder er schlief in seinem Zimmer und ich im Bett darunter. Patrice und ich machten die Infusionen seines Medikaments hier zu Hause. Zu Hause waren wir besser aufgehoben. Wir ließen ihn keinen Moment allein.

Er hat sich erholt, wieder sprechen und laufen gelernt, und wir träumten von einer Reise mit ihm. Er reiste so gern.

STÉPHANE

Wir wurden ungefähr gleichzeitig als AIDS-krank deklariert. Ich nahm sehr ab. Das passierte mir zweimal, und zweimal nahm ich wieder zu. Laurent nahm ebenfalls ab, aber es fiel ihm schwer, sich wieder zu erholen. Er hat sich nicht erholt. Die Erschöpfung übermannte ihn mehr und mehr. Er hatte zu nichts mehr Lust. Wir spielten noch zusammen, aber nach der »Toxo« fiel es ihm schwer.

Laurent ... was ihn motivieren konnte, wußte ich nicht. Vorher mochte er den Computer, die Spiele und all das gern. Aber erschöpft wie er war, glaube ich, konnte er sich in nichts mehr reinhängen. Er hatte kein wirkliches Hobby. Als er ein bißchen Geld hatte, hat er sich einen Gameboy gekauft. Er mochte ein bißchen spielen, aber er mochte vor allem, wenn die anderen in seinem Zimmer spielen kamen. Er schaute ihnen gerne beim Spielen zu, er war sehr großzügig. Er machte gerne Geschenke, Alexandre und mir.

Ich glaube, er hatte vor allem viele Träume. Zum Beispiel, nach Guadeloupe zu reisen, das war sein Traum. Aber immer, wenn er von etwas träumte, dann entsprach das nicht wirklich der Realität. Der Traum ist immer besser als die Wirklichkeit. Es paßte nicht mehr zusammen. Wenn es mir gelungen wäre, etwas zu finden, das er gern hatte, hätte ich ihm helfen können, es zu machen. Ich hätte alles getan, um ihm zu helfen.

PATRICE

Leider hatten wir nicht die Mittel, ihm die Reisen zu bieten. Das bedaure ich am allermeisten, daß ich ihm nicht mehr habe bieten können. Ich hätte das Haus verkauft und einen Kredit auf zwanzig Jahre genommen, wenn ich gewußt hätte ...

Ich hätte ihm alle Reisen bezahlt, die er sich wünschte, wenn ich gewußt hätte, daß er so bald fortgehen würde. Aber ich glaubte nicht daran, ich sagte mir: »Es gibt keinen Grund, er hat sich nach so vielen Prüfungen wieder erholt, er wird es schaffen.«

Wenn wir in den Bergen wanderten, neigte ich dazu, ihn zu

zwingen, ihn ins Leben zu zerren. Ich sagte zu ihm: »Schau mal, wie schön das Leben ist. Die Berge, die Natur, das Licht, es ist großartig!«

Er wußte es zu schätzen, aber er war schon viel zu erschöpft. Wir hätten die finanziellen Mittel wesentlich früher haben müssen, zwei oder drei Jahre früher. Wir hätten ihn ans Leben gefesselt, stimuliert, er hätte besser gekämpft, aber dann war es zu spät, er hatte die Kraft nicht mehr.

Drei Jahre kämpften wir gegen diese Erschöpfung an. Er wollte immer nur noch schlafen. In meinen Augen war das Schlafengehen eine Vorbereitung auf den Tod. Je mehr er sich ausruhte, je mehr er schlief, desto erschöpfter war er. Wenn man überhaupt keine Aktivitäten mehr ausübt, schwinden die Muskeln. Kaum bewegte er sich wieder, führte das zu Blutungen und Transfusionen. Ein Teufelskreis. Wir mußten einen Mittelweg finden, ihn zwingen, sich zu bewegen, aber nicht zu sehr, so daß es für ihn erträglich blieb.

Was wir während seines harten Kampfes durchstanden, war entsetzlich.

Wir machten Atemübungen, damit er Sauerstoff bekam. Ich sagte zu ihm: »Laurent, wir machen mal die Fenster auf, wir werden ein paar Atemübungen machen.«

Wenn wir es mit ihm zusammen machten, ging es wesentlich besser. Agnès oder ich nahmen ihn auf den Arm und atmeten gleichzeitig mit ihm. Wir machten alles mit ihm zusammen.

Er hat lange Zeit Mut bewiesen, erst in den letzten drei Wochen gab er auf. Ich ahnte nicht, daß dies das Ende bedeutete. Ich wollte ihn unbedingt retten. Agnès sagte: »Laurent wird immer schwächer, er magert ab. Ihm geht es schlecht . . .«

Und ich schaute die Ergebnisse an, versteifte mich darauf und antwortete: »Er hat keine Karenzen, die T4 sind stationär, er ist schwach, aber es wird wieder aufwärtsgehen . . .«

Die Ärzte waren mehrfach überzeugt, daß er die Woche nicht überleben würde. Sie hatten kein Mittel und keinen Weg, um ihn zu retten. Sie sagten mir: »Es ist zu Ende . . .«

Ich erwiderte: »Nein, es ist nicht zu Ende! Nein! Ausgeschlossen . . .«

Er hatte sich von der ersten Toxoplasmose erholt. Er hatte wieder laufen und sprechen gelernt, nachdem wir uns wochenlang kleiner Zettel bedient hatten, um ihn zu verstehen: »Hunger«, »Spielen«, »Durst«, usw.

Er hat wieder gesprochen, die wichtigen Wörter artikuliert. Er hatte sich nicht mehr bewegen können und ins Bett gemacht, doch er war wieder aufgestanden und herumgelaufen, war ums Haus gewandert. Ich hatte Hoffnung.

AGNÈS

Stéphane fragte mich mehrmals: »Wird Laurent sterben?«

Und ich gab zur Antwort: »Mein Gott, hoffentlich nicht!«

Bei der zweiten Toxoplasmose im September 1991, am 12. September, fiel er ins Koma. Man machte ihm einen Skanner. Er hatte ein seltsames Zittern und einen merkwürdigen Atem. Mein Junge roch nach Tod. Er war da, in seinem Atem.

Ich werde jenen Eindruck nie vergessen, den ich in dem Augenblick hatte. Patrice diskutierte mit dem Arzt, ich war auf dem Flur. Ich bin in eine Ecke gegangen und habe gebetet, gebetet, lange Zeit. So hatte ich noch nie gebetet.

Er war auf die andere Seite hinüber gewechselt, dessen bin ich sicher. In jener Nacht habe ich so innig gebetet . . . Ich habe ihn zu uns gezogen, habe ihm gesagt: »Komm zurück! Geh nicht fort . . . Geh nicht fort . . .«

Manchmal habe ich den Eindruck, daß er zurückgekommen ist, um uns ein letztes Weihnachten zu schenken. Er war wirklich schon im Jenseits, und ich weiß nicht, wie wir ihn zurückgewonnen haben. Die Ärzte hatten gesagt, er würde die Nacht nicht überleben. Doch nach und nach öffnete er wieder die Augen, und wir waren alle da, um ihn zu ermutigen.

Wir haben wieder zu träumen begonnen. Das war der Moment, wo ich die Fahrkarten nach Guadeloupe kaufte. Für seinen Traum.

STÈPHANE

Laurent hatte wie ich Momente der Trübsal, aber er konnte sich nicht ans Leben klammern. Er fragte sich: »Schließlich, was ist das eigentlich, das Leben?«

Mama sagte uns, daß er bei der zweiten Toxoplasmose »zur anderen Seite« hinübergegangen sei. Sie konnte fühlen, wie er entschlüpfte, fortging. Aber sie hatte sich so an ihn geklammert und ihn angefleht, bei uns zu bleiben, und ihm gesagt, daß wir alle zusammen eine Reise nach Guadeloupe machen würden, daß er zurückgekommen ist. Danach, als er sah, daß wir so bald keine Reise mehr machen würden, da hat er, glaube ich, den Vergleich gezogen mit dem, was er »auf der anderen Seite« gesehen hatte.

PATRICE

Diese Reise nach Guadeloupe, daran klammerte er sich voll und ganz. Wir haben Familie dort drüben. Laurent liebte seine Cousins und seine Cousine und hatte sie nicht mehr gesehen, seit sie sich in Guadeloupe niedergelassen hatten. Wir sagten immer, wir würden sie eines Tages besuchen, aber es war nichts Konkretes. Wir hatten die finanziellen Mittel nicht. Mein Schwiegervater hat uns großzügig die Reise geschenkt. Als wir zu Laurent sagten: »Wir fahren hin«, da war er hingerissen, Weihnachten dort zu verbringen. Das Flugzeug nehmen, besichtigen, Wanderungen machen, lauter verschiedene Dinge . . . er malte sich das alles aus und war glücklich.

AGNÈS

Er hatte während der Toxoplasmose schon 6 Kilo verloren. Bis zur Reise nach Guadeloupe hatte es sich nicht wesentlich verändert. In der ersten Woche des Aufenthalts verschlechterte sich sein Zustand. Ich kenne keine Krankheit, die den Kranken in diesem Maße abbaut. Die ein Lebewesen zu einem wandelnden Toten macht. Das war das, was am schwersten zu ertragen war. Ich konnte ihn nicht mehr anschauen. Manchmal hatte er selber so einen Blick, abwesend, solche Leere ... Nein, es war nicht Leere, es war ... ein Blick voller Angst, voller Entsetzen, er verstand nicht, was geschah.

Es war hart. Das schlimmste war, ihn zu waschen und sich nichts anmerken zu lassen. Jeden Tag zog ich ihn aus und duschte ihn. Ich hatte nur Knochen in der Hand. Nichts als Knochen. An ihm war nichts mehr, und jeden Tag verlor er noch mehr. Ich wußte nicht einmal mehr, wie ich ihn halten sollte, wie mit dem Waschlappen über seine Haut streichen. Ich fragte mich, wie weit das gehen würde. Er konnte nicht mehr abnehmen, und er nahm noch immer ab. Sein Körper beeindruckte mich noch mehr als sein Gesicht. Die anderen sahen nur sein Gesicht, und ich habe die Angst im Blick der anderen verstanden.

Eines Tages machte ein Freund eine Geste des Zurückschreckens, als er ihn sah. Er sagte: »Was ist mit Laurent los? Er macht mir angst. Ich erkenne ihn nicht mehr ...«

STÉPHANE

Die Reise nach Guadeloupe war sein letzter Traum. Und die Wirklichkeit entsprach nicht dem Traum. Er war enttäuscht. Er hatte vielleicht gedacht, daß dort alles besserginge, daß er keine Schmerzen mehr hätte, daß er machen könnte, was er wollte. Es gab den Strand, aber er konnte nicht baden, ihm war kalt. Er war derartig mager ...

Am Ende war es für ihn die gleiche Quälerei wie anderswo.

Immerhin war er zufrieden, daß die Sonne schien. Er war immer in der Sonne.

PATRICE

Seit langem photographierte und filmte ich. Ich bin sentimental, und ich wollte Souvenirs von meinen Kindern. Ich habe so gut wie gar keine aus meiner eigenen Kindheit.

Ich fing damit auch an, weil die Hämophilie eine schwer zu beschreibende Krankheit ist. Zunächst machte ich Photos, danach Filme, die mir bei den Auseinandersetzungen mit der Verwaltung halfen, zum Beispiel für die Erstattungen. Wenn sie auf Photos sahen, was den Kindern widerfuhr, dann wurde ihnen klar, daß das, was ich erbat, gerechtfertigt war.

Und dann kam AIDS. Laurent sagt eines Tages: »Schau, Papa, in welchen Zustand sie mich gebracht haben. Es ist ekelhaft, was sie mit mir gemacht haben.«

Daraufhin fragte ich ihn, ob er einverstanden sei, daß ich photographiere und filme. Ich tat es schon während der guten Zeiten, in den Ferien, bei den Familienfesten. Jetzt ging es darum, das ganze Leben zu zeigen, so wie es war.

Ich betrachtete es als richtig, daß die Verantwortlichen das zu sehen bekamen. Und ich sagte zu Laurent: »Später, wenn du wieder gesund bist, werden wir diese Filme denen zeigen, die dich infiziert haben. Damit sie begreifen, durch welche Stadien du gegangen bist und welche Qualen du ausgestanden hast.«

Aber als sich die Krankheit nach und nach verschlimmerte, fing ich an, mir Fragen zu stellen. Mein Gewissen sagte mir: »Es ist hart, entsetzlich, aber gerade weil es so entsetzlich ist, muß man ihnen zeigen, was sie getan haben.« Und gleich darauf dachte ich: »Unmöglich, ich kann ihn so nicht filmen.«

Er war derartig abgemagert, sein Gesicht war völlig entstellt.

Manchmal war er es selbst, der zu mir sagte: »Los, Papa, nimm mich auf!«

Ich erwiderte: »Nein, es tut mir leid, das kann ich nicht filmen, Laurent.«

Zum Beispiel habe ich keine Aufnahmen von den Zeiten der Depression und der Wut gemacht, wenn er am Ende war und brüllte: »Ich kann nicht mehr, ich schaff das nie!«

Am Ende habe ich nur sehr wenig von diesem ganzen Horror gefilmt. Er litt moralisch zu sehr. Wir trafen Vorkehrungen, damit er körperlich nicht zu sehr litt.

Er war derartig an das Leiden gewöhnt . . . Ein Bluter weiß, was Leiden heißt. Jede Blutung ist eine Qual. Laurent war tapfer im Ertragen von Schmerzen. Ungeheuer tapfer. Solange ich die Hoffnung hatte, daß er es überstehen würde – und die hatte ich bis zum Schluß –, sagte ich mir: »Wir werden ihnen zeigen, was sie getan haben.«

Ich filmte vor allem die guten Augenblicke, die Momente eines Siegs, wie an dem Tag, als Laurent geklettert ist. Er war ganz mager, winzig klein, mit seinen Knieschonern und seinem Helm. Wir ermunterten ihn, und er hörte nicht auf zu rufen: »Ich schaffe es! Ich schaffe es!«

Und er schaffte es! Niemals werde ich sein Gesicht an jenem Tag vergessen. Aller Mut und aller Stolz der Welt standen darin.

AGNÈS

Das Paradoxe ist, daß er moralisch mehr gelitten hat als körperlich. Es ist schwer festzustellen, aber ich glaube es. Vor allem während der letzten drei Wochen.

Er wußte nicht mehr, was er wollte. Die Toxoplasmosen hatten Spuren in seinem Gehirn hinterlassen. Er konnte sich nicht mehr im Spiegel anschauen. Das war klug von ihm.

Im Flugzeug nach Guadeloupe schauten ihn die Leute an und

fragten sich, was mit ihm los war. Einige haben uns Fragen gestellt. Ich gab zur Antwort, er sei krank und wir wollten in die Sonne, die ihm guttun würde. Ich sagte nicht, daß er AIDS hatte. Vielleicht hätte sich das ganze Flugzeug geleert . . . Ich fürchtete die Blicke der Leute ein wenig.

Der Rückflug war nachts, anonymer. Die Leute schliefen. Der Aufenthalt hatte einen Monat gedauert. Er suchte die Wärme wie ein zerrupftes Kätzchen. Hin und wieder sind wir spazierengegangen. Wir sind auf den Vulkan La Soufrière gestiegen, sein Vater hat ihn den ganzen Weg getragen. Wir haben bei 50 Grad in den Wasserfällen des Carbet gebadet, er suchte immer die Wärme. Zu Beginn genoß er noch die Dinge draußen: auf den Markt gehen, die Früchte anschauen, die Farben. Er machte Anstrengungen, 50 Meter, mehr nicht. Nachmittags schlief er.

Er war immer müde, müde. Nach und nach merkten wir, daß es zu schwer für ihn war. Stéphane dagegen tat es gut. Er ist braungebrannt und in bester Form zurückgekommen. Es war sehr gut für ihn. Zwischen meinem Laurent, völlig abgezehrt in seinem Rollstuhl, und Stéphane und Alexandre bestand ein solcher Gegensatz . . . Meine drei Söhne . . . Laurent konnte nicht mehr.

Bevor wir aus Guadeloupe abreisten, traf ich eine Betgruppe, der meine Schwester angehört. Sie beten und singen, und an jenem Abend sagte meine Schwester zu mir: »Komm mit.«

Ich ging hin und hörte sie singen. Nach einer Viertelstunde ging ich jedoch hinaus, um zu weinen. Ich weinte, weinte, weinte. Sie kamen zu mir. Sie waren zu fünft, sie nahmen mich bei den Händen und haben Gebete rezitiert. Schließlich konnte ich wieder sprechen und ihnen sagen: »Ihr könnt es nicht verstehen. Laurent wird fortgehen. Er wird nicht mehr da sein. Er wird sterben.«

Das war kurz vor unserer Rückkehr nach Frankreich. Ich hatte es erkannt und habe es in jener Nacht mehrmals zu Patrice gesagt. Aber er wollte es nicht glauben.

»Das Leben ist schön, wenn man tot ist«

PATRICE

Während der letzten drei Wochen assistierten und unterstützten wir Laurent in solchem Maße, daß ich das Gefühl hatte, eins mit ihm zu ein. Agnès pflegte ihn ständig. Ich ebenfalls, weil es Momente gab, wo sie nicht mehr konnte. Laurent verlangte dauernd nach uns, alle dreißig Sekunden rief er uns, damit wir ihn behandelten, oder auch nur, damit wir uns um ihn kümmerten.

Es gab eine Zeit, wo wir uns mit Laurent und Stéphane gleichzeitig schwer krank wiederfanden. Laurent, gelähmt durch die Toxoplasmose, ohne sich ausdrücken zu können, Stéphane mit einer Gürtelrose im Bereich des Ischiasnervs. Er konnte weder sitzen noch stehen, wir mußten ihn mit Kissen über einem Sessel stützen, ihn füttern und uns gleichzeitig um Laurent kümmern. Und um Alexandre, der sanft versuchte, uns zu verstehen zu geben, daß er auch noch da war. Wir konnten nicht mehr.

Wir lösten uns ab. Wenn ich nicht behandelte, steckte ich die Nase in Papiere, stellte Nachforschungen an, telefonierte mit den Ärzten, rief die bedeutendsten Spezialisten für Toxoplasmose in Lyon an. Den ganzen Tag informierte ich mich, Vorstoß um Vorstoß, aber diskret, um Laurent nicht zu beunruhigen.

Tag für Tag machten wir einen Bericht über seinen Gesundheitszustand. Unser medizinisches Team las die Beobachtungen, und jeder gab uns seine Stellungnahme. Ich war per Telefon in ständiger Verbindung mit ihnen, sie kamen sogar ins Haus, man redete darüber und überprüfte erneut die Dosierungen der Medikamente. Es war ein ununterbrochener Kampf, pausenlos.

Laurent hatte Kontraktionen in den Schultern und konnte seine

Körperbewegungen nicht mehr kontrollieren. Zu einem Zeitpunkt der Krankheit machte er eine repetitive Geste: Seine Hand ging vom Tisch zu seinem Gesicht, als ziele er auf seine Nase. Dies währte während der ganzen Dauer der Mahlzeit. Ich beobachtete ihn und versuchte dabei, es mir nicht anmerken zu lassen, um ihn nicht zu erschrecken. Sein Blick war gleichzeitig bewußt und abwesend. Diese Anhäufung von Symptomen, der vollständige Verlust der Sprache, der gelähmte Arm, der verstörte Blick, der verkrampfte Fuß waren fürchterlich erschreckend. Er konnte mit einem Fuß nur noch auf der äußersten Spitze gehen. Sein Organismus verfiel derartig schnell, daß ich nicht mehr ein noch aus wußte. Ich hatte Angst, er hätte die Kraft nicht mehr, sich wieder zu erholen.

Und dennoch versuchten wir zu entdramatisieren, uns nichts anmerken zu lassen, zu tun, als wäre nichts. Es gelang uns sogar, über eine ungeschickte Bewegung zu lächeln, damit er keine Angst bekäme.

Als er das Sprachvermögen wiedererlangte, begann er mit Lauten, mit derart entstellten Wörtern, daß wir ihn nicht verstanden. Er regte sich auf, war erschreckt, wollte unbedingt kommunizieren. Dann konnte er wieder sprechen.

Das war eine riesige Freude, eine Freude, die man nicht zum Ausdruck bringen kann.

Laurent war ein Teil von mir, es war, als versuche ich, mich selbst zu retten. Wir waren eins.

AGNÈS

Es fällt mir schwer, die Ereignisse dieser letzten drei Wochen genau im Kopf zu behalten. Wir waren völlig durcheinander. Es gab Kämpfe, Ängste, Anrufe.

Tagsüber legten wir ihn bei uns auf das Sofa im großen Zimmer vor dem Kamin, um immer mit ihm zusammen zu sein.

Wir haben ihm lange Zeit leben geholfen, Patrice und ich. Wir sagten zu ihm: »Komm, Laurent! Wir werden es schaffen. Versuch, ein paar Schritte zu laufen ... Wir gehen nur zu den Großeltern.«

Er mochte gern, wenn wir liefen, weil wir dabei diskutierten. Wenn es ihm gelungen war, die Runde ums Haus zu machen und wir wieder nach Hause kamen, war er zufrieden mit sich. Das heißt, ich weiß nicht, ob er zufrieden mit sich war oder zufrieden, uns eine Freude gemacht zu haben. Ich glaube nicht, daß es therapeutischer Übereifer von unserer Seite gewesen ist, er lebte nur, um uns Freude zu machen. Wir drängten ihn nicht, sich ständig zu rühren, aber wir mußten ihn auch beschäftigen, ihm die Angst nehmen, konnten ihn nicht den ganzen Tag auf dem Sofa vor dem Fernseher sitzen lassen. Ich hätte ihm so gern geholfen, etwas für ihn getan. Ich wollte nicht glauben, daß er sterben würde. In der letzten Woche wußte ich, daß es unvermeidlich war, und als ich sah, daß man nichts mehr tun konnte, habe ich verstanden und habe ihn begleitet. Bis dahin hatte ich gekämpft, weil er noch ein bißchen kämpfte. Als ich sah, daß er aufgab, habe ich ebenfalls aufgegeben. Patrice dagegen konnte es bis zur letzten Sekunde nicht. Ich sagte zu ihm: »Achtung, Patrice, Laurent geht davon, er geht ...«

»Achtung«, das hieß: »Bereite dich auf seinen Tod vor.«

Er wollte nicht. Er wiederholte ohne Unterlaß: »Nein, wir müssen ihm helfen, er wird nicht sterben.«

Und ich: »Er wird davongehen, er wird gehen ... Du begreifst es nicht ...«

»Nein. Die Untersuchungsergebnisse sind gut. Wir müssen kämpfen.«

Ich sah sehr wohl, daß er nicht mehr leben wollte. Es war zu schwer für ihn. Dieses Leben bestand nur aus Härten, ständigen Härten. Es war schwer aufzustehen, um zur Toilette zu gehen, schwer, sich die Zähne zu putzen, schwer zu essen. Das alles war ihm lästig. Die Krankheit hatte ihn bis auf den tiefsten Grund ausgelaugt. Er sehnte sich nach Ruhe. Ich hatte es an jenem Abend der Gebete in Guadeloupe erkannt.

Eine Freundin kam, um ihm metamorphe Massagen zu machen, die ihm sehr viel Erleichterung verschafften, und diese Freundin sagte eines Tages zu mir: »Weißt du, du kannst nicht an Stelle deines Sohnes leben. Und wenn es für ihn zu schwer wird, wirst du ihn nicht daran hindern können zu sterben.«

Laurent wollte Frieden. Also habe ich ihn in der letzten Woche in Ruhe gelassen.

STÉPHANE

Als ich Laurents Reaktionen im Anschluß an die Toxoplasmose gesehen habe, habe ich mich gefragt, ob er nicht auf dem Weg sei, autistisch zu werden. Ich habe einen Film gesehen, wo ein Kind von Geburt an autistisch war: Er hatte eine eigenartige Weise, sich zu bewegen, und man fühlte, daß er sich nicht in unserer Welt befand. Laurent sprach nicht mehr, er zeigte sämtliche Symptome eines autistischen Kindes, aber später habe ich dann begriffen, daß das nur die Symptome waren. Er war nicht autistisch. Er war ganz und gar nicht in einer anderen Welt, er war sich dessen, was um ihn herum geschah, völlig bewußt.

Das war, glaube ich, noch schlimmer und Grund genug für ihn, fürchterliche Angst zu bekommen. Er befand sich nicht in der Stille, er war nicht in sich zurückgezogen, er konnte sich nur nicht mehr ausdrücken. Er machte völlig unkontrollierte Bewegungen, und es war ihm bewußt. Damals wußte ich noch nicht, daß er sich dessen bewußt war. Ich sagte mir: »Er darf nicht autistisch werden.«

Danach, als er wieder sprechen konnte, war ich erleichtert. Ich erinnere mich an das erste, was er gesagt hat, nach der ersten Toxoplasmose.

Wir wollten ins Kino gehen, »Kevin allein zu Haus«. Er wollte versuchen, uns zu sagen: »Ich möchte ›Kevin allein zu Haus‹ sehen.«

Es fiel ihm furchtbar schwer, es auszusprechen, zu Anfang wurde er ziemlich ungeduldig, und wir haben ihn ermutigt: »Nur zu. Laurent, gut so. Weiter, Laurent . . .«

Und er war glücklich, als es ihm schließlich gelungen ist, es zu sagen! Mich hat es gewaltig beeindruckt, ich hatte geglaubt, in seinem Gehirn sei etwas kaputt gegangen, und nun erholte er sich wieder.

Später hat er uns berichtet, daß er sich der Situation damals ständig bewußt gewesen ist.

Es fällt mir ein bißchen schwer, es auszudrücken, aber für mich wäre die Tatsache, die Sprache und die Gesten überhaupt nicht kontrollieren zu können, unheimlich schwer zu ertragen.

Er sagte auch: »Ich habe die Nase voll. Ich will sterben.«

Das empörte mich. Mit Mama und Papa haben wir ihn eine Liste von allen Sachen machen lassen, die er gern hatte und die er nicht mochte.

Er hat einen Haufen Sachen in die erste Spalte getan. Und in die andere hat er geschrieben: »Das Leben ist schön, wenn man tot ist.« Und er hat gesagt: »Ich will sterben.«

Ich habe ihn zu überreden versucht. Ohne Unterlaß. Ich habe ihn angefleht: »Das geht doch nicht, Laurent, du kannst uns nicht einfach verlassen. Du kannst doch nicht sagen, daß du sterben willst! Das ist nicht wahr. Schau mal, das Leben ist schön! Willst du nicht irgend etwas? Hast du nicht Lust, irgendwas zu machen? Was magst du eigentlich im Leben?«

Er mochte nicht mehr. Er wollte weg, weil ihm die Krankheit das Leben zu schwer machte. Man kann es ihm nicht übelnehmen, daß er sterben wollte.

PATRICE

Als er sagte: »Ich habe die Nase voll«, haben Agnès und ich ihm Fragen gestellt.

»Warum hast du die Nase voll? Hast du die Nase voll vom Leben?«

»Ja, ich will sterben.«

»Warum willst du sterben? Was ist denn am Tod so verlokkend?«

Wir sprachen ganz offen mit ihm, ohne Zwang, und das war der Moment, wo er sagte: »Das Leben ist schön, wenn man tot ist.«

Das war seine Erklärung. Eine Überlegung, die vermutlich aus jenem Moment stammte, als er im Krankenhaus haarscharf dem Tod entkommen war. Damals befand er sich halbwegs im Koma, und ich glaube, da ist etwas geschehen.

Dann haben wir ihn gefragt, was er im Leben mochte. Er antwortete unzusammenhängend: »Ich mag die Freunde, die Feste, die wir zusammen gefeiert haben, ich habe meinen Bruder gern, ich habe euch sehr lieb, ich habe alle Leute gern. Ich mag Videokassetten, das Radio, in Läden gehen . . .«

Das mochte er alles, und ich, ich konnte ihm nicht sagen: »Gut, ich werde dir helfen zu sterben, weil du die Nase voll hast!« In meinen Augen war das eine vorübergehende Stimmung. Die von jemandem, der irgendwann sterben möchte und danach sehr glücklich sein kann, wieder zu leben. Ich hielt es für eine augenblickliche Mutlosigkeit, ein Kap mußte überwunden werden, dann würde er wieder hochkommen.

Es war das erste Mal, daß er vom Tod sprach, und für mich war es erschütternd. Er wußte nichts vom Tod, glaube ich, außer dem, was er im Koma im Krankenhaus vorausgeahnt hat. Ein Gefühl von Frieden, Schlummer, Schlaf. Das Leben ist schön, wenn man schläft . . . Ich glaube, das war der Tod für ihn. Oder etwas anderes, das er nicht erklärt hat, weil es für ihn zu schwierig auszudrücken war.

Ich hatte ein solches Gefühl der Machtlosigkeit in jenem Augenblick, es war grauenhaft. Wie eine Folter. Das Bedürfnis, mich aufzulehnen. Mit zwölf Jahren sterben wollen? Das ist einfach nicht möglich. Ich habe gesagt, was ich konnte: »Raff dich auf, wir werden Reisen machen, wir werden . . .«

Ich weiß nicht mehr.

Ich war bereit, ihm die ganze Welt zu versprechen, irgendwas, das Haus verkaufen, kaufen, was er wollte, alle Reisen machen, die er wollte, das Universum . . .

Aber mir wurde klar, daß es nichts mehr zu versprechen gab.

AGNÈS

Ich weiß nicht, wie Laurent erkannte, daß er sterben würde. Jedenfalls erkannte er es.

Der Tod bedeutete für ihn, nicht mehr zu leiden. Das Leben war ihm unerträglich geworden. Er war hin- und hergerissen zwischen der inneren Seelenruhe, die er anstrebte, und dem Kummer, den er uns bereiten würde, wenn er fortging. Sein Bruder sagte zu ihm: »Du wirst mich doch nicht verlassen, das kannst du nicht tun, du darfst nicht fortgehen. Warum also sterben, Laurent?«

Er gab zurück: »Das Leben ist zu schwer.«

Diese Liste der Dinge, die er mochte, und auf der anderen Seite dieser schreckliche Satz: »Das Leben ist schön, wenn man tot ist«, die habe ich aufgehoben. Wir waren alle drei dabei, alle vier sogar, denn Alexandre spielte neben ihm.

Er hatte viele Dinge in die andere Spalte geschrieben. Ich habe daraufhin alle diese Dinge zusammengezählt und ihm gesagt: »Da sind mehr Sachen, die du magst, wenn man lebt, als wenn man tot ist.«

Er hat ganz sanft geantwortet: »Wenn man stirbt, geht es einem gut.«

STÉPHANE

Laurent war unheimlich nett. Als er seine Entschädigung bekam, wollte er jedem eine Freude machen, und er machte uns oft Geschenke. Kurz vor seinem Tod hat er mir ein Spiel geschenkt. Alexandre hat er immerzu verwöhnt, er brachte ihm immer eine Kleinigkeit mit, ein kleines Auto.

Früher, als er kein Geld hatte, schaute er immer die Schaufenster an und träumte. Er hätte sich Berge von Videokassetten gekauft, Zeitschriften und Comicbücher. Als er dann krank wurde, war es eher für die anderen. Für sich selber war ihm das Geld egal. Es war für die anderen. Er war unheimlich nett und großzügig.

PATRICE

Er war ruhig, sanft, von einer Sanftheit voller Zärtlichkeit, Zuneigung und liebevollen Worten. Er hatte einen sehr ausdrucksvollen Blick. Manchmal, wenn man überhaupt nicht damit rechnete, sagte er zum Beispiel spontan zu seiner Mutter: »Weißt du, Mama, du bist schön, ich habe dich furchtbar lieb.«

Das kam von Herzen. Er hatte etwas ganz Eigenes, das ganz aus der Tiefe kam. Er war besinnlich, er mochte ein ruhiges Leben, und er war früher glücklich zu leben. Sehr glücklich, zu leben, zu träumen. Manchmal sagte er zu mir: »Ich bin nicht sehr mutig.«

Und ich antwortete: »Aber doch! Wehr dich! Natürlich bist du mutig!«

Er war mutig in seiner ungeheuren Erschöpfung. Und er war vielleicht erschöpfter, als ich wahrhaben wollte. Wenn ein Kind so etwas sagt . . .

So nah ich ihm auch stand, ich frage mich, ob ich ihn wirklich verstanden habe. Man hat immer Angst, etwas versäumt zu haben. Zehn Tage vor seinem Tod glaubte ich noch immer, daß er eine Chance hätte, darüber hinwegzukommen. Doch alles wurde ihm zu schwer, alles bedeutete nur noch einen Berg von Anstrengungen. Er war so mager, so schwach, das Sprechen fiel ihm schwer, er sprach wenig und nur ganz leise, aber wir verstanden ihn.

An seinem letzten Tag sagte er: »Ich liebe euch. Morgen werden wir einen wunderbaren Tag verbringen. Alles ist gut, ich fühle mich in Form.«

Wir schauten Filme aus seiner Kinderzeit an und sagten ihm, daß wir lauter verschiedene Sachen zusammen machen würden. Skilaufen, Bergsteigen, Reisen. Haufenweise Sachen. Ich hätte niemals geglaubt, daß er an jenem Abend sterben würde.

AGNÈS

Ich hatte beim ersten Mal gebetet und auch in Guadeloupe. Ich mußte beten und um Hilfe bitten, um meinen Jungen da rauszuholen. Aber an jenem Abend . . . ich war völlig niedergeschmettert. Ich konnte nichts tun, ich hatte begriffen. Patrice wollte sich noch nützlich machen, er beschäftigte sich emsig. Ich hielt Laurents Hand, ich wußte, daß er sterben würde, ich wollte nicht, daß er starb, aber ich konnte nicht mehr beten.

Patrice schrieb alles auf. Er führte ein kleines Tagebuch über all das, aber ich weiß nicht, ob er bereit ist, darüber zu sprechen.

STÉPHANE

Wir waren bei ihm. Ich habe ihn nicht losgelassen. Ich bin bis zum Schluß bei ihm geblieben, ich wollte ihn nicht verlassen. Ich hatte das Gefühl, daß ich da sein mußte. Ich hätte es mir nie verziehen, ihn zu verlassen. Wir waren uns so nah gewesen, wir haben uns gegenseitig so unterstützt. Ich hatte ihn so lieb.

Patrice

Ich schrieb dieses Tagebuch, aber ich zeige es nicht gern.

Tagebuch vom 31. Januar 1992

Um 18.45 Uhr hat sich Laurent schlafen gelegt. Während er sich ausruht, essen wir.

20 Uhr. Maud und Jean, Freunde von uns, sind vorbeigekommen, um uns moralisch zu unterstützen und Laurent in seinem Kampf zu ermutigen. Agnès hat Laurent gebeten, seinen Namen auf ein Stück Papier zu schreiben, um ihnen zu zeigen, daß er große Fortschritte machte, und um ihn zu ermutigen.

Wir haben ihm wiederholt, daß es ihm besser ginge und daß er während fünf oder sechs Monaten nur gut auf uns hören müsse, um einen großen Sieg zu erringen. Er hat uns große Zuneigung bezeugt, uns gesagt, daß er uns sehr lieb habe und daß es ihm ab morgen bessergehen würde. Wir haben ihn alle umarmt und geküßt und ihm eine gute Nacht gewünscht. Er hatte eine Klingel, mit der er uns im ganzen Haus herbeirufen konnte. Wir sind mit den Freunden in den Salon gegangen.

Ungefähr eine Viertelstunde später, während wir uns unterhielten, stieß Laurent einen kleinen Schrei aus. Wir sind alle in sein Zimmer gestürzt und fanden ihn halb bewußtlos auf dem Rücken liegen, die Augen offen und verdreht. Seine Decke war leicht heruntergerutscht. Er hatte sich wohl aufgesetzt, um zu trinken, und hatte die Wasserflasche über sich geschüttet.

Ich habe ihn sofort mit in den Salon genommen und auf das Sofa gelegt. Wir haben das Fenster aufgemacht, um ihm beim Atmen zu helfen. Agnès, Stéphane und ich haben ständig zu ihm gesprochen, um ihn zu beruhigen und zu ermutigen. Währenddessen fühlte ich seinen Puls und seinen Blutdruck. Ich war beunruhigt, denn zum ersten Mal gelang es mir nicht. Ich hatte ein Gefühl der Machtlosigkeit, das mich ungeheuer beängstigte.

Während Stéphane und Agnès sich um ihn kümmerten, habe ich den Arzt angerufen, der innerhalb von zehn Minuten kam. Er stellte einen Blutdruck von 10 und einen Puls von 120 fest. Er gab zu, daß er nichts für ihn tun könne und man ihn dringend ins Krankenhaus bringen müsse. Man müsse ihm Sauerstoff geben.

Laurent war im Koma, er röchelte manchmal, aber er schien nicht körperlich zu leiden. Wir hatten keine Zeit, den Krankenwagen zu rufen. Er starb noch vorher.

Der Arzt nahm mich in den Arm und sagte mir, es sei zu Ende. Ich antwortete, das sei unmöglich, man müsse etwas tun.

»Nein, es ist vorbei . . .«

AGNÈS

Es war der Arzt, der uns sagte: »Er ist tot. Es ist vorbei.«

Dann ging er. Er ließ uns alle drei allein, und wir brachten Laurent in sein Zimmer, in sein Bett. Es war zu Ende. So schnell. Wir konnten es nicht begreifen.

Stéphane will von jenem Augenblick nicht reden. Wenn er davon nicht sprechen will, dann braucht er es nicht. Aber vielleicht täte es ihm gut.

Mit Stéphane haben wir die Gewohnheit, offen Fragen zu stellen. Er antwortet, oder er antwortet nicht. Das muß er selber entscheiden.

STÉPHANE

Jetzt fliege ich einen ULM. Laurent hätte ich mitnehmen können. Er hatte kein Interesse daran, Pilot zu werden, aber er flog gern. Wir machten unsere Lufttaufe am 1. April 1990. Er war unheimlich zufrieden. Das war in einem kleinen Tourismusflugzeug. Ich hatte immer mit meinen Flugsimulatoren pilotiert, aber das hatte ich noch nicht erlebt. Ich habe mit dem Piloten diskutiert, der mir sagte, daß man es schon unter Fünfzehn erlernen könne, aber daß es sehr teuer sei. Ich habe geantwortet: »Ich werd's schaffen.«

Laurent hat gesagt: »Ich will es nicht lernen. Ich werde dann mit Stéphane fliegen, der nimmt mich mit.«

PATRICE

Tagebuch vom 31. Januar 1992 (Fortsetzung)

Der Augenblick, als er starb, war sehr schlimm. Wir wollten nicht wahrhaben, daß er tot war. Wir sprachen noch immer mit ihm. Wir haben ihn in sein Zimmer gebettet, das er so liebte. Agnès, Stéphane und ich haben in unserem grenzenlosen Kummer stundenlang zu ihm gesprochen. Dann sind Agnès und Stéphane zusammen schlafen gegangen, in unserem Bett. Agnès war völlig erschöpft von der Intensivpflege von Laurent während mehrerer Monate. Sie hat sich mit Stéphane in unser Bett gelegt und ist trotz ihres gewaltigen Kummers eingeschlafen. Das hat ihr sehr geholfen, den nächsten Tag zu überstehen.

Ich meinerseits habe mich zu Laurent ins Bett gelegt und ihn in die Arme genommen. Die kleine Nachttischlampe ist die ganze Nacht angeblieben.

Ich habe ihm gesagt, daß er nun nicht mehr zu leiden habe, daß er glücklich sein würde, daß ein neues Leben ohne Leiden beginne, daß ihm jetzt alles leichtfallen würde, daß er von nun an alles tun könne, wozu er Lust hätte. Ich habe ihm unsere ganze Trauer gesagt und daß für ihn die Zeit sehr schnell vergehe und daß sehr bald unsere Körper sich wiederfinden würden, daß seine Seele schon in uns sei, daß er immer mit uns sei, im Herzen und in der Seele.

AGNÈS

Patrice hat ihm so viel zu sagen. Er mußte zu seinem Sohn sprechen. Er hatte Laurent ein wunderschönes Totengeleit gegeben. Er blieb bei ihm und hat bei ihm geschlafen. Er hat zu ihm gesprochen, hat ihm vieles gesagt, vielleicht all das, was er ihm zu Lebzeiten nicht hat sagen können, ich weiß es nicht. Das ist etwas zwischen Vater und Sohn. Er hat es mir nicht erzählt, und ich will es auch gar nicht wissen. Er mußte in seiner Nähe bleiben. Er sagte: »Ich kann ihn nicht einfach so verlassen. Schau doch, wie schön er ist.«

Ich fand ihn nicht schön. Für mich war er tot. Ich habe seinen Wunsch respektiert, daß er bei ihm bleiben wollte, aber ich wollte, daß er auch meinen respektierte, daß ich das nicht konnte. Stéphane ist auch nicht wieder zurückgegangen. Ihm war es wohler in meinen Armen, und er hatte nicht das Bedürfnis, bei seinem toten Bruder zu bleiben. Es erinnerte ihn zu sehr an das, was ihm widerfahren konnte.

Wir wußten nicht, was tun und worüber reden. Wir haben eine Videokassette angeschaut, die ich gekauft hatte, als ich mir Fragen über den Tod stellte, nach Laurents zweiter Toxoplasmose. Glücklicherweise hatten wir diesen Film: *Der Tod, eine Brücke zum Leben.*

Der Film sagte, daß man nicht vollständig sterbe, daß es ein Leben danach gebe, daß der körperliche Tod nur ein Übergang sei und das Bewußtsein fortbestünde. Das hilft, sich von der Angst vor dem Sterben zu befreien. Der Film hat Stéphane unheimlich geholfen. Er entsprach dem, was er schon glaubte, und er verstand, daß sein Bruder noch immer da war, um ihn herum. Und es erklärte auch ein bißchen das, was Laurent gesagt hatte: »Das Leben ist schön, wenn man tot ist.« Im Anschluß an den Film hat sich Stéphane zu mir ins Bett gelegt, und alle beide sind wir nah beieinander eingeschlafen.

Stéphane

Ich glaube nicht wirklich, daß das Leben schön ist, wenn man tot ist. Meiner Meinung nach kann man sich nicht vorstellen, daß man eines Tages nicht mehr existiert.

Ich weiß selbstverständlich nicht, wie das vor sich geht. Ob es der Himmel der Christen oder die Wiedergeburt der Buddhisten oder irgend etwas anderes ist . . . Ich mag die Vorstellung nicht, aus purem Reflex an etwas zu glauben. Aber ich habe das Gefühl, daß da etwas ist. Ich meine, jeder muß seine eigene Vorstellung davon haben, je nach seinen Erlebnissen und Erfahrungen.

Wenn Laurent diesen Satz ausgesprochen hat, dann vielleicht, weil er auf der anderen Seite etwas gesehen hat. Ein Kind sagt das nicht einfach so. Irgendwas muß er gesehen haben, das besser ist als das, was er hier auf Erden erlebte. Aber ich denke nicht so. Was für mich zählt, ist, vom Leben zu profitieren.

Nach Laurents Tod

AGNÈS

Für Patrice bedeutete eine ganze Nacht mit Laurent zu sprechen, daß er seine Schulden beglich und ihm erklärte, was er nicht verstanden, was er nicht erkannt hatte.

Ich weiß nicht, was er geregelt hat, aber er brauchte das. Ich habe ihn gewähren lassen. Ich meinerseits konnte nicht.

Ich glaube nicht, daß er gebetet hat im Sinne von rezitieren auswendig gelernter Gebete. Ich bin nur zweimal hingegangen, und ich habe jedesmal angeklopft, ehe ich hineinging. Ich habe ihn mit seinem Sohn ungestört gelassen. Ich für mein Teil fühlte mich nicht imstande, es zu tun, und ich durfte ihm diese Momente nicht nehmen, da er sie sich wünschte.

Es tat ihm gut. Er hatte solche Angst vor dem Augenblick des Einsargens, daß die Tatsache, zwei Tage und zwei Nächte mit ihm zugebracht zu haben, ihm ermöglichte, es besser zu akzeptieren. Es war weniger herzzerreißend.

Ich nutzte jeden nur denkbaren Vorwand, um aus dem Haus zu gehen, die Blumen, die Formulare, die auszufüllen waren, usw. Ich hielt es nicht aus. Da sein Körper tot war, wollte ich mit seinem Geist leben, nicht mit diesem Körper, der dort lag. Es machte mich krank zu wissen, daß er dort war, aber tot. Jedesmal, wenn ich ihn tot sah, war ich gezwungen zu erkennen, daß er gestorben war. Wenn ich ihn nicht sah, konnte ich mir noch immer einreden: »Er kann wiederkommen . . .«

Ich habe mir manchmal Vorwürfe wegen einer gewissen Aggressivität gemacht, aber wir waren nervlich so erschöpft.

Unsere Unterhaltungen mit Laurent in den letzten drei Wochen waren sehr stark gewesen. Es ist unglaublich, was er uns vorgebracht und zu verstehen gegeben hat. Wir sind in den Diskussionen mit Laurent über den Tod so weit gegangen. Er hat eine ungeheure Rolle gehabt, ich weiß nicht, wie ich das erklären kann.

PATRICE

Tagebuch vom 31. Januar 1992 (Fortsetzung)

Wenige Stunden nach Laurents Tod überkam mich eine grauenvolle Angst, sobald ich an das Einsargen dachte. Ich wußte, daß ich ihn von dem Augenblick an nie wiedersehen würde.

Ich habe unendlich viel Zeit damit verbracht, zu ihm zu sprechen, ihn zu streicheln und ihn während der zwei Tage und zwei Nächte vor der Sarglegung im Arm zu halten. Eine Viertelstunde lang hatte ich fürchterlichen Kummer und Angst, ich konnte die Tatsache nicht ertragen, daß das Beerdigungsunternehmen ihn mir wegnehmen würde. Ich habe beschlossen, mich an ihn zu wenden und ihn zu bitten, mir die Kraft zu geben, diese Prüfung zu bestehen. Einige Minuten später haben sich die ganze Last, die Verzweiflung und die Angst, die ich in unerträglicher Weise fühlte, wie durch ein Wunder gemildert.

Ich habe ihn selber in den Sarg gelegt, in seinem weißen Pullover aus dicker Wolle. Und ein Photo von uns fünf in einem Rahmen habe ich ihm auf die Brust gelegt und seine Hände darüber gekreuzt.

Der Angestellte des Beerdigungsunternehmens kam herein. Agnès und Stéphane haben Laurent ein letztes Mal zärtlich geküßt, und ich habe angeordnet, daß der Deckel auf den Sarg getan werden solle.

AGNÈS

Als die Leute vom Beerdigungsunternehmen kamen, habe ich ihnen nicht gesagt, daß er an AIDS gestorben ist. Ich brauchte es ihnen nicht zu sagen, es ging sie nichts an. Sie haben seinen Leichnam nie berührt. Wir kümmerten uns selbst um ihn. Aber ein paar Tage später, nachdem sein Tod in der Presse bekanntgegeben worden war, haben sie mich aufgesucht und gesagt: »Madame, wir haben ein großes Risiko auf uns genommen.«

Ich dachte, ich würde wahnsinnig. Ich wäre am liebsten über sie hergefallen, mir so etwas zu sagen!

»Was für ein Risiko? Was haben Sie denn riskiert? Daß Sie AIDS kriegen? Sie hatten Angst, sich an meinem toten kleinen Jungen anzustecken? Sie haben ihn doch nicht einmal berührt!«

Und selbst, als sie ihn aus dem vorübergehenden Depot in die Gruft brachten, hatten sie Angst! Mein Kind war seit vierzehn Tagen tot! Und sie hatten noch immer Angst vor ihm!

Ich hatte Lust, ihnen zu sagen: »AIDS ist mit ihm gestorben!«

Es war schrecklich, daß sie mir das gesagt haben . . . Aber sie machten ja nur ihren Job.

Laurent starb in der Nacht von Donnerstag auf Freitag, und am Samstag sagte Alexandre zu mir: »Mama, jetzt kannst du dich wieder um mich kümmern.«

Der arme Alex! Wir hatten Laurent so viel Zeit gewidmet, daß er das Gefühl hatte, wir hätten ihn während dieser letzten Wochen ein bißchen vergessen. Glücklicherweise haben sich meine Eltern sehr viel um ihn gekümmert. Wir konnten immer auf sie bauen, wenn wir ihre Hilfe brauchten.

Ich erinnere mich, wie er einmal schreiend in Laurents Zimmer gerannt kam. Er hatte es vergessen. Als er ihn tot im Bett liegen sah, ist er wieder im Salon spielen gegangen, ohne etwas zu sagen.

Stéphane wollte uns sofort beruhigen. Er sagte: »Mir wird das nicht passieren.«

Er versucht uns immer zu beruhigen. Ständig. Vielleicht ist das gleichzeitig ein Mittel, sich selbst zu beruhigen. Ich hoffe, daß er genug Kraft hat zu kämpfen. Ich versuche, ihm mit allen Mitteln zu helfen, glücklich zu sein, Lust zum Leben zu haben. Wenn ich mit Stéphane über den Tod spreche, sage ich ihm: »Verteidige dich, mein Großer, kämpf dich da raus. Ich hoffe, daß ich dich nicht verliere.«

Nicht daran denken, daß er fortgehen könnte. Nicht er. Nicht auch noch. Das wäre zu schlimm.

STÉPHANE

Zu Anfang sprach Alexandre sehr oft von Laurent. Er weiß, daß er auf dem Friedhof ist. Er hat ihn tot gesehen, er weiß, wo er ist, er weiß, was passiert ist. Aber er hat es gut aufgenommen, er scheint es akzeptiert zu haben. Er ist mit uns zur Beerdigung gegangen, er hat teilgenommen, und er begreift durchaus, was der Tod ist. Er sagt: »Laurent ist auf dem Friedhof, ich hatte Laurent lieb. Er fehlt mir sehr.«

Er sagt viele andere Dinge über Laurent, er denkt an die Zeit zurück, als er mit ihm gespielt hat. Manchmal fragt er: »Stéphane ist krank, wird er auch fortgehen?«

Mama antwortet ihm: »Nein, nein! Stéphane wird nicht fortgehen. Stéphane wird wieder gesund werden.«

Einmal hat er gesagt: »Ich habe zwei Brüder, einer ist auf dem Friedhof, und wenn Stéphane fortgeht, dann gibt es einen Jungen, der ganz allein sein wird.«

Mama hat ihn gefragt, wer denn der Junge sei, und er hat geantwortet: »Das bin ich.«

Er stellt sich vielleicht keine sehr tiefgreifenden Fragen, aber er versteht die Dinge recht wohl, er hört uns reden, und das bringt ihm Erfahrung.

Man darf den Kleinen nichts verheimlichen. Mir hat man nichts verheimlicht. Man darf mir nichts verheimlichen. Um sich wehren zu können, muß man wissen, was man hat. Wenn man nicht weiß, was mit einem passiert, und man hat Schwierigkeiten, dann fragt man sich, was los ist, man versteht überhaupt nichts, und man wehrt sich nicht richtig. Deswegen muß man Alexandre alles erklären. Wenn man ihm dummes Zeug erzählt, versteht er überhaupt nicht mehr, was passiert, und er könnte uns das später zu Recht übelnehmen. Es würde mit der Wirklichkeit in seinem Kopf nicht übereinstimmen. Was er am besten versteht, ist die Wahrheit. Wenn man Unsinn hinzufügt, würde er ein bißchen von diesem Unsinn verstehen, und wenn er später die Wahrheit erführe, würde er an allem zweifeln.

Zum Beispiel beunruhigt es ihn nicht allzusehr, wenn er mich erschöpft aus der Schule kommen sieht – was oft vorkommt – und ich tonnenweise Hausaufgaben zu machen habe. Er sagt: »Du mußt noch Aufgaben machen? Du wirst nicht mit mir spielen?«

Aber wenn ich krank bin, fragt er Mama: »Was ist mit Stéphane los? Er wird doch nicht fortgehen?«

Das kommt daher, daß ihn der Tod von Laurent sehr beeindruckt hat.

PATRICE

Eines ist völlig klar: Ich werde Laurents Tod niemals akzeptieren. Niemals. Unter den Umständen, wie er ihm gegeben wurde, ausgeschlossen.

Wenn nicht Agnès, Stéphane und Alexandre gewesen wären, wäre ich mit ihm gegangen. Wenn jetzt irgend etwas geschehen würde, würde ich ihm nachfolgen. Ich sage »wenn«. Sie sind da, und ich liebe sie.

Agnès hat Zeiten der Anspannung, sie trauert auf ihre Weise. Ich weiß nicht mehr, was ich angesichts von Laurents Tod denken soll.

Ich weiß nicht, wie er sich dort drüben fühlt. Ich sage mir, daß er auf kriminelle Weise ins Jenseits befördert worden ist, es war nicht sein Wunsch zu gehen. Aber wenn es etwas gibt, eine Chance, daß er mich hört ... Ich muß mit ihm sprechen. Ich weiß, daß er sich jetzt ausruhen muß, aber mir wäre es eine Erleichterung, mit ihm zu sprechen. Also spreche ich zu ihm.

Es mag symbolisch sein, auf den Friedhof zu gehen und zu ihm zu sprechen, aber ich brauche es. Selbst wenn man wieder zu Staub wird. Ich weiß nicht, wie ich das ausdrücken soll. Es ist nicht weniger schlimm, ich leide sehr. Ich leide nicht weniger, wenn ich hingehe, aber es ist anders. Jedesmal, wenn ich auf den Friedhof gehe, rede ich zu ihm, spreche, rufe Erinnerungen wach, diskutiere mit ihm. Ich denke an das, was er gesagt hat: »Das Leben ist schön, wenn man tot ist.« Ich habe keinen Beweis dafür. Ich hoffe, daß er ihn hatte, ehe er fortging. Er hat nach dem Tod verlangt. Aber wenn man ihn mir nicht vergiftet hätte, hätte er ihn nicht verlangt.

Für mich ist es sehr schwer. Man hat ein Kind, man wehrt sich mit ihm, man kümmert sich um seine Erziehung, man hat gute und schlechte Momente, man lebt sein Leben, so gut man kann, und plötzlich verschwindet er. Und mit einem Schlag – ich bin vulgär, wenn ich das so sage – ist es, als hätte man ihn in den Müll geworfen, als gäbe es ihn nicht mehr. Man müßte woanders hinziehen und ein neues Leben anfangen. Ich kann das nicht.

Für mich ist Laurent noch immer bei mir. Sein Körper, selbst wenn er sich transformiert hat, ist noch immer da. Manche Leute reden mit einer Statue, weil sie etwas repräsentiert, es ist symbolisch. Ich spreche mit Laurent. Ich sage mir, wenn die Dinge gut eingerichtet sind, dann hört er mich. Jeder reagiert auf seine Weise, das muß ich respektieren. Agnès mag nicht auf den Friedhof gehen; sie bewahrt Laurent in ihrem Kopf, in ihrem Herzen, anders als ich. Stéphane gleichermaßen. Aber es fällt mir schwer zu begreifen, daß sie nicht sind wie ich. Daß man dieses Wesen, das einem teuer war, irgendwohin weggeworfen hat, ohne es besuchen zu gehen. Mir gelingt das nicht.

Wenn Laurent bei einem Autounfall oder aufgrund einer anderen Krankheit ums Leben gekommen wäre, hätte ich, glaube ich, anders reagiert. Es ist nicht leicht, den Tod eines geliebten Menschen zu akzeptieren, aber ich hätte mir gesagt: »So ist es nun, das ist das Leben«, und nach und nach hätte ich mich damit abfinden können. Jetzt dagegen sage ich mir: »Laurent ist getötet worden! Das ist ein Verbrechen!«

AGNÈS

Wenn Patrice auf den Friedhof geht, weiß ich es. Er meint, ich sehe es nicht, aber ich weiß es. Ich weiß es, weil er, wenn er wiederkommt, verändert ist. Wenn er wütend ist, weiß ich, daß er hinaufgeht, ich sehe es an seinem Blick, an seinem Gehabe. Wenn er zu sehr leidet, wenn er zu unglücklich ist, dann geht er da hinauf und spricht mit Laurent. Und abends bleibt er lange in seinem Zimmer.

An einem Tag, das weiß ich, ging er zu ihm, um mit ihm zu sprechen, ganz nah. Wir wollten eine Grabplatte installieren, aber er wollte nicht, und als ich fragte, warum denn nicht, gab er zurück, daß er dann nicht mehr aus unmittelbarer Nähe mit ihm sprechen könne. Ich habe ihn gefragt, ob er es schon gemacht habe, und er hat geantwortet: »Ja, einmal, um zu sehen, ob alles intakt ist und es nicht unter Wasser steht.«

Es ist merkwürdig, daß er sich daran klammern muß. Ich habe den Eindruck, daß er sich weh tut. Ich wünschte, er würde verstehen, daß ich das meinerseits nicht brauche. Es tut mir nicht gut, es macht mich krank. Ich glaube, er braucht Zeit. Man muß ihm Zeit lassen. Man hat ihm etwas zu Wichtiges entrissen. Er hängt zu sehr an der fleischlichen Hülle seines Sohnes. Ich dagegen fühlte, daß Laurent, als er starb, zu mir kam, um in mir zu wohnen, und seither verliere ich ihn nicht, er ist da, in mir, immer. Manchmal fange ich an zu weinen, weil ich mich an einen schönen Augenblick mit ihm erinnere, und dann, weil er nicht heranwächst, weil er nicht mehr da ist. Darüber spreche ich zu Hause nicht, es macht ihnen zu viel Kummer. Ich bin zu traurig, und Stéphane mag das nicht. Alexandre auch nicht.

Alexandre schaut mich manchmal an, wenn ich weine, und dann sage ich ihm sofort: »Das hat nichts zu bedeuten, Alexandre, auch Mamas weinen manchmal. Das kommt, weil sie einen kleinen Kloß im Hals haben, hier . . . und das Weinen macht, daß der kleine Kloß weggeht. Verstehst du?«

Dann spielt er wieder weiter und schießt im ganzen Haus mit seiner Plastikpistole herum. Er spielt Cowboy wie alle kleinen Jungen.

Patrice ist niedergeschlagen, und Stéphane sieht es und leidet darunter. Patrice kann nichts dagegen tun. Stéphane und ich diskutieren darüber. Stéphane sagt: »Mit dir kann ich über diese Sachen reden, mit Papa gelingt mir das nicht.«

Dann antworte ich ihm, daß es seinen Vater zu sehr schmerzt, daß er eine andere Auffassung vom Leben und vom Tod hat als ich. Daß er und ich die Dinge nicht auf die gleiche Weise sehen. Zu Anfang, nach dem Tod von Laurent, geriet er wegen winziger Kleinigkeiten in Wut. Das war der Kummer, er erstickte ihn. Seit er einen ULM für Stéphane baut, seit er ein Hobby zusammen mit seinem ältesten Sohn gefunden hat, geht es besser. Er redet mit Stéphane, er spricht sogar über mich. Stéphane ist unser Schiedsrichter. Er fühlt sich verpflichtet, im Moment unser Schiedsrichter zu sein. Es ist so hart.

Auch mir gelingt es nicht, wieder in Gang zu kommen. Ich mache weiter, aber ohne wirklich neu zu starten. Zum Glück haben wir Stéphane und Alexandre. Wenn sie nicht wären, hätten wir es nicht überlebt.

Sie haben Laurent ermordet und Stéphane vergiftet. Auch wir haben Schaden genommen, wir sind nicht mehr wie vorher. Wir werden es nie wieder sein. Aber Stéphane zuliebe haben wir nicht das Recht, uns in Trübsal zu verkriechen.

STÉPHANE

Nach dem Tod von Laurent hatte Papa solche Angst davor, mich auch zu verlieren! Er regte sich furchtbar auf, sobald irgend etwas nicht in Ordnung war. Nachdem Laurent tot war, hatte er den Eindruck, ich sei anfälliger geworden, auch ich könnte sterben. Während sich für mich nichts geändert hatte. Nur daß Laurent nicht mehr da war.

Manchmal habe ich, wie andere Jugendliche, kleine Konflikte mit meinen Eltern. Wenn ich meine, Papa hat recht, stelle ich mich auf seine Seite. Wenn ich meine, Mama hat recht, dann auf ihre. Und wenn ich selber eine andere Vorstellung habe als die beiden, dann ergreife ich nicht Partei. Ich habe ganz einfach meine eigene Vorstellung.

Laurent war jünger und war von einer Sensibilität, die der von Papa ähnelte. Ich habe ein bißchen von beiden und gleichzeitig einen dritten Faktor, meinen eigenen. Ich bin dabei, langsam erwachsen zu werden.

Wir diskutieren ständig, Papa, Mama und ich. Über alles. Es fällt ihnen nicht leicht, sie haben bisher immer alles gemeinsam getragen. Sie verarbeiten Laurents Tod nicht auf die gleiche Weise. Es tut gut, Gedanken auszutauschen, das hilft mir, Erfahrungen zu machen, der Dialog ist unerläßlich.

Alexandre schwimmt mit dem Strom, in jenem Alter stellt man sich noch nicht zu viele Fragen. Ich versuche, mich so viel wie möglich mit ihm zu beschäftigen, wie ich es mit Laurent gemacht habe. Das ist manchmal schwierig. Ich mache so viel. Informatik, das Fliegen, vor allem den ULM, das ist meine Passion.

Man sagt von mir, ich lebe mit hundert Stundenkilometer Geschwindigkeit. Ich weiß nicht, ob ich vorher auch schon so war. Aber das heißt nicht, daß man vergißt ... Meine Art zu reagieren besteht darin, mich in gewissem Sinn zu berauschen, unendlich viele Dinge zu tun, ein Maximum. Während der Zeit denke ich nicht an den Tod. Das ist meine Weise, mich zu wehren.

Zum Beispiel bin ich enttäuscht, wenn die Wetterlage nicht gut ist und ich nicht eine Runde mit dem ULM fliegen kann. Das ist ein verlorener Tag. Ich habe keine Zeit zu verlieren.

Weil ein Verbrechen begangen wurde . . .

PATRICE

Sich der Medien zu bedienen ist etwas, worauf ich gerne verzichten würde. Es ist mehr als lästig. Ins Fernsehen zu kommen, weil man einen sportlichen Rekord gebrochen hat, Weltmeister in irgendwas geworden ist, einen Film realisiert hat, das mag angenehm sein . . . Aber Bilder des Leidens zu veröffentlichen ist für mich grenzwertig. Nur will ich nicht, daß man vergißt. Ich will nicht, daß Laurents Tod umsonst gewesen ist.

Das erste Mal, als ich einem Journalisten geantwortet habe, hatte ich nicht danach gesucht. Es war ein Jahr vor Laurents Tod. Er hat uns nie gesagt, wie er uns gefunden hat. Man muß allerdings sagen, daß wir bei allen möglichen Verwaltungen bekannt waren, der Sozialversicherung, der DDASS[1], den Präfekturen, dem Gesundheitsministerium und vielleicht sogar bei der Regierung. Denn ich kämpfe, ich wollte Botschaften in sämtliche Verwaltungen schicken.

AIDS ist teuer, sehr teuer, und wir waren auf Hilfe angewiesen. Sämtliche Fälle von infizierten Bluterkranken wurden über die Blutvereinigung registriert. Dort blieb es anonym, aber jedesmal, wenn wir an eine Verwaltung schrieben, waren wir gezwungen zu sagen, daß unsere Kinder AIDS-krank waren.

Auf den Briefen standen Namen und Adresse. Ich bat systematisch um Geheimhaltung, um die Zukunft der Kinder zu schüt-

1 DDASS: »Direction départementale des affaires sanitaires et sociales«, etwa vergleichbar mit dem deutschen Sozialamt. Anm. d. Übers.

zen und ihnen Probleme zu ersparen, aber irgendwer muß geredet haben.

Ein Journalist, der für die Affäre der Bluttransfusion äußerst sensibilisiert und zutiefst empört darüber war, kam also bei uns vorbei. Ich traf sämtliche Vorsichtsmaßnahmen und forderte absolute Anonymität. Er unterschrieb, daß er die Namen der Kinder und die Region, in der wir wohnen, verändern würde. Wir verstanden uns auf Anhieb. Er hat uns in seinem Artikel enormen Respekt gezollt.

Und als Laurent starb, ein Jahr nach dem ersten und einzigen Artikel, nahmen wir Kontakt mit ihm auf, um ihn zu informieren. Er sagte: »So kann das nicht weitergehen. Ich muß einen neuen Artikel schreiben, irgend etwas muß geschehen, man muß darüber reden, das ist einfach ungeheuerlich.«

Und damit traten wir an die Öffentlichkeit. Bis zu dem Moment hatten wir alles anonym gehalten, aber anläßlich des zweiten Artikels hat Stéphane erklärt: »Ich habe es satt, mich wie ein Pestkranker zu verstecken. Ich hab' es satt zu lügen. Ich heiße Stéphane Gaudin, ich habe AIDS, mein Bruder heißt Laurent, und er ist tot.«

So ist Stéphane. Wenn er nicht die ganze Wahrheit sagt, hat er den Eindruck zu lügen.

Und auch wir hatten das Bedürfnis, das alles an die Öffentlichkeit zu bringen. Den Tod von Laurent, die Lügen, alles, was man uns und anderen angetan hat. Die Gerechtigkeit mußte ihren Lauf nehmen. Wir sahen nur den Weg über die Medien, damit das geschehe.

Ich kannte nur unseren Journalistenfreund Dominique Rizet, und ich hatte ihm die Existenz meiner Filme über Laurents Leiden verheimlicht. Doch da er uns helfen wollte, Gerechtigkeit zu fordern, fragte ich ihn, ob er sie sehen wolle, um besser zu verstehen. Nichts war im voraus geplant gewesen. Ich hatte nicht die Absicht, sie aller Welt zu zeigen. Ich bewahrte sie als Archiv, in der Hoffnung, sie eines Tages den Verantwortlichen dieser Verseuchung zu zeigen, aber ich wußte nicht, wie.

Nachdem Dominique die Filme gesehen und lange darüber nachgedacht hatte, wollte er eine Reportage für das Fernsehen machen. Ich hatte derartig schlimme Sachen erlebt, daß ich nicht in der Lage war zu sagen, was die Leute ertragen konnten und was nicht. Es hieß, die politische Meinung zu mobilisieren und den Verantwortlichen zu zeigen, was sie angerichtet hatten. Ich traute Dominique und dem Team, das sich mit ihm zusammen um uns bemühte. Alexandre Valenti, Christian Gerin und Christophe Gautier. Wenn ich nicht wollte, daß sie bestimmte Bilder verwendeten, haben sie das akzeptiert.

Die Reportage, die sie aufgrund von Elementen aus meinen Filmen realisiert haben, war der Preis, den wir zahlen mußten, um die öffentliche Meinung zu sensibilisieren. Das mußte sein, um Gehör zu finden.

Diese Veröffentlichung erlebe ich in gewisser Weise wie eine Prüfung. Sie gehört zu den schrecklichen Unannehmlichkeiten und ist ein weiteres Problem nach dem Tod von Laurent. Sie gehört zu dem Kampf, auf den ich gerne verzichten würde. Ich zwinge mich, ihn durchzufechten. Ich bin es mir schuldig.

AGNÈS

Die erste Veröffentlichung erschien, als Laurent noch lebte. Im März 1991.

Ein Journalist, Dominique Rizet, rief uns an, weil er einen Artikel über uns schreiben wollte. Unsere Reaktion war sofort: »Nein, wir wollen nicht, lassen Sie uns in Ruhe.«

Ich weiß nicht, wer ihm unsere Adresse gegeben hat, man hat es uns niemals gesagt. Schließlich versprach uns Dominique absolute Anonymität, keine Photos. Er hat derartig insistiert, daß wir schließlich eingewilligt haben, ihn zu empfangen. Laurent war gerade krank geworden, er sprach nicht, er lag erschöpft in seiner Ecke auf dem Sofa im Wohnzimmer. Dominique hat den Abend mit uns verbracht. Er ist ein anständiger Mensch. Er versprach uns Diskretion, und er hielt Wort. Sein Artikel brachte die Dinge ins Rollen. Wir haben uns mit ihm angefreundet und während eines Jahres den Kontakt mit ihm aufrechterhalten. Als Laurent dann starb, kam er uns besuchen und sagte zu Patrice: »Das ist zu schlimm, man muß die Öffentlichkeit über das, was geschehen ist, in Kenntnis setzen.«

Zwei Tage und zwei Nächte diskutierten wir mit ihm über Laurent, über alles, was wir durchgemacht hatten. Es tat gut, darüber zu sprechen. Dann zeigte Patrice ihm die Filme, die er gedreht hatte. Die Kindheit unserer Jungen, ihre Schwierigkeiten, aber auch ihr Glück. Dann AIDS, das Leiden.

Es erschien ein zweiter Artikel und dann der Film auf Antenne 2.

Den Film kann ich nicht mehr anschauen. Ich habe ihn viermal gesehen. Jetzt kann ich nicht mehr. Eine Photographie ist nicht das gleiche, es ist nichts als ein Augenblick, ohne Bewegung. Im Film ist Laurent lebendig. Es ist so schrecklich, ihn lächeln zu sehen, mit seinem kleinen, ausgemergelten Gesichtchen. Er war so schön, mein Laurent . . .

Er hat nie Scheu vor der Kamera gehabt. Während der letzten drei Wochen verlangte er selber, daß man ihn filmte, er war so mager . . . Er sagte: »Zeig es ihnen, Papa.«

Er wußte, daß Patrice ihn filmte, um es später vorzuführen, wenn er wieder gesund wäre . . . Denn wir hatten auch schreckliche Angst, daß man uns nach der Gesundung sagen würde: »Aber ihre Kinder hatten ja gar nicht AIDS . . .« Das ist nämlich schon vorgekommen! Eine krebskranke Freundin ist durch natürliche Ernährung geheilt worden. Mit größter Verblüffung hörte sie ihren Arzt behaupten: »Aber, gnädige Frau, Sie hatten gar keinen Krebs! . . .«

Wir glaubten so sehr an die Heilung, wir wünschten sie so innig herbei.

Patrice war sehr, sehr vorsichtig. Er wollte verhindern, daß die Leute diese Bilder von Laurents Qualen falsch interpretierten. Er wollte, daß man die Wahrheit erführe, Laurent wurde getötet. Es war ein Beweis für uns, ein Zeugnis. Wir hatten jegliches Vertrauen verloren. Patrice filmte ihn, weil wir uns sagten: »Sie sind alle beide krank, sie haben AIDS, und wenn es uns gelingt, sie daraus zu retten, aus all den Qualen, die sie erleiden, dann könnten gewisse Leute es fertigbringen, ihre Qualen zu leugnen und uns eines Tages zu sagen, sie seien gar nicht krank gewesen . . .«

Der Film hat viele Dinge ausgelöst. Das erste war Freundlichkeit. Eine Schauspielerin, die schon den Artikel von Dominique gelesen hatte, hat uns eine Reise nach Florida geschenkt. Wir waren zehn Tage unterwegs, Stéphane war selig! Dank ihrer Großzügigkeit ist ein Traum wahr geworden!

Nach der Ausstrahlung des Films haben wir über 2 500 Briefe bekommen. Von allen möglichen Menschen, jungen und alten, Müttern, Großmüttern. Mehr Frauen als Männer.

Stéphane hat Mühe, allen zu antworten, es wächst ihm über den Kopf. Also mache ich das. Es gibt wundervolle Menschen, die ihm Freude machen wollen und ihm Geschenke schicken, kleine Teddybären, *pins* . . . Kinder haben ihm ihre ganze *pin* -Sammlung geschickt. Eine Zeitschrift hat uns nach Eurodisney eingeladen . . . Es gibt gute Seiten. Die Freundlichkeit und die Unterstützung der Leute. Wie diese alte Dame in der Metro, die Stéphane einen Hundertfrancsschein in die Hand drückte. Der Junge war völlig verblüfft, er wollte es nicht annehmen, doch sie sagte zu uns: »Ich habe Sie wiedererkannt . . .«

Und zu ihm: »Nein, nein, behalt das . . .«

Und dann ist sie ganz schnell ausgestiegen.

Oder auch die Leute, die ihren Wagen in der zweiten Spur anhalten, um uns die Hand zu drücken, einfach so . . . und dazu sagen: »Wir haben den Film gesehen. Viel Glück . . .«

Diese Dinge berühren mich sehr. Eine moralische Unterstützung. Und jene, die uns das angetan haben, die Ärzte, die Politiker, die Justiz, die alles verzögert, sie sind alle mies und verdorben. Die Leute auf der Straße sind fabelhaft.

Aber, es ist wahr, den Film kann ich im Augenblick nicht mehr anschauen. Später vielleicht wieder. Das Bild des toten Laurent überkommt mich blitzartig in der Nacht wie ein Gespenst, manchmal wie ein Alptraum. Ich zwinge mich, das alles auszulöschen, um nicht so zu leiden, aber es kommt, es überwältigt mich, es ist zu schwer, und ich breche zusammen.

Denn Laurent wächst nicht heran, er hatte keine Jugend. All die Fragen, die wir uns über seine Zukunft gestellt haben, seine Studien, seinen späteren Beruf, all das ist mit ihm gestorben. Wenn ich den Film anschaue, heule ich wie ein Schloßhund, es bereitet mir zu viel Kummer, und meine Jungen mögen das nicht.

STÉPHANE

Die Veröffentlichung war, glaube ich, notwendig, und hätte möglicherweise sogar früher stattfinden müssen. Meine Eltern wollten es nicht, um Laurent zu schützen. Sie war sehr nützlich. Die Journalisten haben uns sehr geholfen, aber ich mag nicht photographiert werden. Ob es nun Journalisten sind oder mein Vater. Ich habe Papa immer gesagt: »Wenn du mich filmst, dann bitte, wenn ich dabei bin, etwas zu tun.«

Aber nicht extra dafür. Ich will nicht so tun als ob. Ich will echt sein. Sonst hieße das, die Leute an der Nase herumführen. Ich mag nicht lügen. Manchmal bittet man mich, irgend etwas nicht zu sagen, das mag ich genausowenig.

Wenn man mich vor der Veröffentlichung fragte: »Bist du krank?«, dann mußte ich antworten: »Ich habe Probleme mit der Immunabwehr . . .«

Es war die Wahrheit, aber in gewissem Sinne war es eine Unterlassungslüge. Ich ziehe es vor zu sagen: »Ich habe AIDS.« Punkt!

Die Gemüter haben sich geändert. Jetzt kann man es sagen. Dafür war die Veröffentlichung sehr willkommen. Alle Welt weiß es, ich verheimliche nichts mehr. Vor allem habe ich nichts mehr zu verheimlichen.

Meine Eltern fürchteten, manche Leute könnten schlecht reagieren, nicht nur meine Freunde, sondern auch deren Eltern. Und schließlich hat alle Welt es erfahren, als der Film am 4. Juni 1992 in *»Envoyé spécial«* ausgestrahlt wurde. In der Woche darauf haben wir eine Fete zum Schuljahresende der neunten Klasse bei mir zu Hause organisiert, und meine ganze Klasse ist gekommen. Und dabei hatten ihre Eltern die Sendung gesehen. Abgesehen von meinen drei besten Freunden und meiner Freundin, denen ich es ein bißchen früher gesagt hatte, haben sie es auf diesem Weg erfahren, aber es hat keine Probleme gegeben. Ich bin niemandem begegnet, der Angst vor mir gehabt hätte. Oder ich habe es nicht gemerkt, aber ich glaube, ich hätte es gespürt.

Das gilt leider nicht für alle, die an AIDS erkrankt sind. Und um ihnen in ihrer Krankheit zu helfen, müßte sich das ändern. Mir hat es sehr geholfen, von Menschen umgeben zu sein. Und es hilft mir noch immer.

PATRICE

Man muß die Dinge beim Namen nennen. Die Veröffentlichung bringt viele Unannehmlichkeiten mit sich. Aber was wichtig ist, ist, den Kampf zu führen, das Ziel zu erreichen, damit es eine Moral in dieser sehr ernsten Affäre der öffentlichen Gesundheit gibt. Was den Bluterkranken widerfahren ist, kann morgen anderen widerfahren. Es muß eine Moral geben, die Verantwortlichen müssen vor Gericht gestellt werden, und die Justiz muß ihre Aufgabe endlich korrekt erfüllen. Das ist, was ich verlange. Unsere Veröffentlichung dient diesem Ziel.

Es ist wahr, daß es wundervolle Menschen gibt, die uns geholfen und die Stéphane in seiner Prüfung unterstützt haben. Man hat uns zu Vorführungen aller Art eingeladen. Stéphane, der sich leidenschaftlich für die Fliegerei interessiert, wurde zu Flugtreffen eingeladen. Wir haben Begegnungen gehabt und unendlich viele Dinge tun können, die wir sonst niemals gekannt hätten und die Stéphane geholfen haben. Wir fühlen die Wärme all dieser Menschen, das tut im Herzen wohl, und es hilft uns zu leben.

Aber zu wissen, daß es gewissenlose Leute gibt, die skrupellos töten, die keine Gewissensbisse haben, die sich nicht verantwortlich fühlen . . . das ist unerträglich.

Ich kann verstehen, daß Stéphane manchmal die Nase voll hat. Auch ich halte es manchmal nicht mehr aus. Ich empfinde das gleiche wie damals, als ich meine Filme machte, als ich mir sagte: »Etwas so Schreckliches kann ich nicht mehr filmen.« Tief drinnen schämte ich mich sogar über mich selbst. Doch sie müssen es sehen, sie müssen sich ihrer Tat bewußt werden.

Ich glaube, es wird keine Gerechtigkeit geben, wenn wir uns nicht dafür schlagen. Ich erhoffe nicht das Unmögliche, aber es besteht wenigstens die Chance, daß sich dergleichen nicht wiederholt, wenn die Justiz ein Beispiel setzt. In meinen Augen ist das nicht Politik, sondern allgemeines Recht. Verbrechen sind begangen worden. Wenn es Politiker gibt, die dafür verantwortlich sind, müssen sie nach gemeinem Recht verurteilt werden.

Ich spüre im Augenblick ein deutliches Unbehagen, ein Abblocken. Warum? Wird von irgendwo sehr hoch oben irgendein Druck ausgeübt? Es ist zu einer politischen Affäre geworden, so als ginge es die Opfer nichts mehr an! Wenn man diese Leute sagen hört, daß die Geschichte vor den Wahlen geregelt werden müsse, dann erkennt man, daß es ihre Angelegenheit geworden ist und sich den Opfern vollständig entzieht. Das ist noch ungeheuerlicher.

AGNÈS

Garetta im Gefängnis, schuldig gesprochen . . . Das ist nicht mein Problem, sondern seines. Ich habe dieses Stadium der Verbitterung gegenüber einem sogenannten Sündenbock längst überwunden. Er soll sich mit seinem Gewissen auseinandersetzen. Für Patrice ist das härter, ich glaube, er nimmt es ihm persönlich übel.

Der kommerzielle Aspekt der Affäre ist schwer zu ertragen. Für Geld zu töten. Das ist unglaublich.

Ich habe ihn während des Prozesses beobachtet, diesen Mann. Wie hat er so etwas tun können? Meiner Ansicht nach ist er durch Geld und Macht verdorben worden. Ich habe ihn angeschaut und mich gefragt, was mit einem solchen Mann los ist, der solche Taten begeht. Er hat nicht weiter geguckt als bis zum Ende seiner Nasenspitze, bis zum Ende seiner Macht. War er von sich selbst so überzeugt? Wollte er Macht, Ruhm, Ansehen? Jetzt kennt man ihn, und in meinen Augen ist er erbärmlich. Er hat kein Gewissen. Mehr Aufmerksamkeit verdient er nicht.

Ich weiß nicht einmal, ob er verstanden hat, was er getan hat, ich meine, ein so tiefgehendes Verstehen, daß man über Leben und Tod von Menschen entscheiden kann . . . Fühlt er sich wahrhaft schuldig? Vielleicht würde er mir, wenn er mir in die Augen schaut, die Wahrheit sagen. Aber um jetzt weiter leben zu können, muß er Entschuldigungen für sich gefunden haben. Und er ist nicht ganz allein.

Er ist nicht jemand, an den zu denken ich Lust habe. Das würde mir das Leben vergiften. Dank der Presse kümmert sich alle Welt um ihn. Nicht ich. Wenn ich meine Zeit damit verbrächte, ihn zu hassen, weil er einer von denen ist, die für den Tod meines Sohnes verantwortlich sind, würde ich am Leben vorbeigehen, an Stéphane und an Alexandre. Ich lasse diese Leute sich gegenseitig zerfleischen.

Aber unser Film hat ihn ernsthaft aus der Ruhe gebracht. Den Leuten ist bewußt geworden, was tatsächlich geschehen ist. Solange es nichts als Zahlen waren, hatten sie nicht diese Sicht der Realität. Es ist der einzige Film über ein so ernstes Thema: Die Bluterkrankheit und die AIDS-Infizierung.

Den Film von Hervé Guibert[1] habe ich nicht gesehen. Ich habe sein Buch gekauft und angefangen, es zu lesen, aber dann habe ich es weggelegt. Er ist ein zu einsamer Mensch, zu verbittert. Für mich gibt es keinen Unterschied zwischen den Kranken, die AIDS durch Drogen, Geschlechtsverkehr oder Bluterkrankheit bekommen haben. Wir haben alle den gleichen Virus, und von dem Augenblick an sind wir alle in der gleichen Lage. Außer einigen, die außerdem noch einsam sind.

Ich sage »wir«, weil es für uns Eltern so ist, als hätten wir ihn selbst. Ich finde dieses Verbrechen nur viel ungerechter für die Bluter und noch ungerechter für die Bluter-Kinder. Es sind Kinder, die auch so schon viel zu erleiden haben. Gewiß ist es ungerecht für jedermann, aber es ist nicht die gleiche Art von Ungerechtigkeit.

Manchmal frage ich mich, wie es möglich ist, daß sie das alles nicht verhindert haben. Es ist die Sorglosigkeit einer ganzen Kette von Leuten, die ihre Verantwortung nicht ernst genommen haben. Die ganz einfach ihre Aufgabe nicht erfüllt haben, die nicht zuerst an das Leben gedacht haben.

1 Schriftsteller und Fotograf, 1992 an AIDS gestorben, Anm. d. Übers.

STÉPHANE

Ach, der Prozeß! . . . Ich glaube, Papa mißt ihm enorm viel Bedeutung bei, und es ist wichtig, daß die für Laurents Tod und für meine Infizierung Verantwortlichen zur Rechenschaft gezogen werden. Papa sagt ständig: »Ich will nicht, daß Laurent umsonst gestorben ist.«

Mich interessiert es gezwungenermaßen, aber manchmal habe ich die Nase voll. Was für mich jetzt zählt, ist, ein glückliches Leben zu führen. Es gibt Zeiten, wo man kämpft, und es gibt Zeiten, wo man lebt. Ich wünschte, es würde sich ein bißchen beruhigen. Es ist wahr, ich bin es einigermaßen leid, ständig von dieser dreckigen Affäre reden zu hören. Manchmal frage ich mich, wozu es gut sein soll, seine Zeit damit zu vergeuden, sich mit diesen Leuten da zu beschäftigen.

Man hat sie für schuldig befunden, wenn auch nicht so, wie es sein sollte . . . Schuldig, tödliche Produkte verkauft zu haben, nicht schuldig, getötet zu haben. Dem Verbrechen wird in der Anklageschrift nicht Rechnung getragen.

Ich sage »diese Leute da«, weil sie für mich allesamt schäbig sind, also stecke ich sie alle in den gleichen Sack »Leute«. Ein Journalist hat mal behauptet: »Stéphane würde Garetta gern in die Augen schauen.«

Das habe ich nie gesagt. Was ich sagen wollte, war, daß er doch den Mut haben soll, sich vor den Opfern zu zeigen. Er hat sich versteckt!

Das ist eine Angelegenheit von Erwachsenen. Mich kann man über mein Leben, über meine Hobbys ausfragen, das gern, aber nicht über den Prozeß und nicht über Garetta. Vor dem Prozeß und bei seinem Beginn, da hatte ich Lust zu sprechen. Jetzt überhaupt nicht mehr. Als sich die Journalisten nach der Urteilsverkündung auf uns gestürzt haben, als wären wir Stars, war das unangenehm. Ungefähr dreißig mit Kameras und Photoapparaten drängelten und schubsten sich. Das hat mir die Lust genommen, etwas zu sagen. Ich weiß, daß es ihr Beruf ist zu informieren, und dafür haben sie meine Anerkennung. Sie haben bemerkenswerte Arbeit geleistet, indem sie von dem Skandal berichtet haben. Ohne sie wäre die Affäre niemals bekannt geworden. Aber an jenem Tag hätten sie sich nicht auf uns zu stürzen brauchen. Es gab genug Zeit. Wir hätten uns die Zeit genommen, um zu sprechen.

PATRICE

Der Prozeß hat viel Aufsehen erregt, viel Wind, viel Luft, aber in Wirklichkeit ist, was die Verurteilungen angeht, nicht viel passiert. Ich bin zutiefst angeekelt. Man kann den Willen sehen, eine gewisse Anzahl von Personen zu schützen. Wir haben wegen des Todes von Laurent und der Infizierung von Stéphane Anklage gegen Unbekannt erhoben. Und man stellt fest, daß »Unbekannt«, verantwortlich für den Tod meines Sohnes, sich auf Garetta und drei weitere Angeklagte resümiert! Und daß die Anklage nichts mit dem Verbrechen der Vergiftung zu tun hat. Nur sie sind verurteilt worden, und nicht so, wie es sein müßte. Sie hätten vor das Schwurgericht gestellt werden und zu wesentlich härteren Strafen verurteilt werden müssen.

Wenn ich in den schlimmsten Zeiten Garetta vor mir gehabt hätte, weiß ich nicht, wie ich mich verhalten hätte. Vielleicht das Bedürfnis, ihn zusammenzuschlagen? Doch jetzt brauche ich das nicht mehr. Statt dessen habe ich ein gewaltiges Bedürfnis nach wahrer Gerechtigkeit. Unter Recht verstehe ich etwas, das eine Sicherheit für die Menschen, für die Zukunft, repräsentiert, das ausreicht, um als Beispiel zu gelten, so daß dergleichen nicht mehr vorkommt.

Dieses Verbrechen ist derartig grausam, derart abscheulich, daß selbst die im Moment härteste Strafe der Tragweite der Tat nicht entsprechen würde. Selbst wenn man Garetta zu zwanzig Jahren Gefängnis verurteilen würde, wäre das nicht genug für all die Leben, die er auf dem Gewissen und all die Qualen, die er verschuldet hat.

Er kann ruhig sagen, daß er das Gefängnis nicht aushält, daß er Angst davor hat – niemand mag das Gefängnis! Ein Jahr oder fünf Jahre, das ist nichts. Wenn er sich wenigstens entschuldigt hätte, wenn er bereits gewesen wäre, sich schuldig zu bekennen, dann wäre das für die Opfer enorm gewesen. Ein eingestandener Fehler ist halbwegs schon verziehen. Wenn sämtliche Verantwortlichen gestehen würden, wäre das eine Erleichterung. Aber sie wollen nichts zugeben, und das tut schrecklich weh. Es ist schändlich!

Die Untersuchung hätte sich auf jene richten müssen, die für die Ansteckung unserer Kinder verantwortlich sind. Es scheint offensichtlich, daß sich unter den Verantwortlichen auch der auf die Bluterkrankheit spezialisierte Arzt befindet, der zusammen mit Doktor Allain seit 1983 über die Gefahren der Transfusion unterrichtet war. Der wußte, daß die Produkte verseucht waren. Sie hätten uns wenigstens darüber informieren können. Uns sagen können, daß es anderswo erhitzte Produkte gab. Ich wäre sie für meine Kinder am Ende der Welt holen gegangen und egal zu welchem Preis!

Was Garetta betrifft, so ist es sehr schlimm, denn er wußte, daß er Tausende von Menschen infizierte, daß er mit seinen Produkten den Tod verbreitete. Er wußte es, aber er kannte die Leute nicht, die er tötete.

Die verschreibenden Ärzte dagegen kannten sie. Beim Prozeß wurde gesagt, daß es ungefähr vierzig Ärzte waren, Spezialisten für Hämophilie und Hämatologie. Also . . . Wenn die Untersuchung sauber durchgeführt worden wäre, hätten diese Leute vor Gericht gestellt werden müssen.

Ich kann nicht begreifen, daß diese Ärzte weiterhin praktizieren können, als wäre nichts geschehen. Ich bin erstaunt über die Haltung des Rats der Ärztekammer. Er hätte schon vor langer Zeit Sanktionen verhängen müssen. Kein Arzt außer Garetta ist verurteilt worden. Und wenn man dann den Rat der Ärztekammer die alternative Medizin unter dem Vorwand der Deontologie angreifen sieht und dann eine Medizin nicht sanktioniert, die Gift? verbreitet hat! Mit der Wahrscheinlichkeit von eins zu zwei, manchmal mehr, wie beim russischen Roulette!

Während der Verhandlung hätte ich ihnen gerne die Kassette des Films über meine Kinder gezeigt. Vor allem den Richtern, dem Staatsanwalt. Ich frage mich manchmal, ob sie sich des menschlichen Aspekts überhaupt bewußt sind. Wenn ich ihnen zuhöre, stelle ich mir manchmal die Frage: »Ist ihnen eigentlich klar, daß sie in diesem Moment in Anwesenheit der Opfer sprechen, die so gelitten haben?«

Zum Beispiel griffen eines Tages unsere Anwälte die gegnerischen Parteien ob ihrer Verantwortungen heftig an. Und plötzlich war der Vorsitzende es leid und sagte: »Hören Sie auf, die Angeklagten zu foltern!«

Er hat die Verhandlung auf den nächsten Tag vertagt. Mit anderen Worten, er befand, daß unsere unwiderlegbaren Argumente und die verbalen Angriffe eine Folter seien.

Ich war entrüstet. Wer hat wen gefoltert? Ich habe mich gefragt, ob er mit einer solchen Einstellung geeignet sei, ein Urteil zu fällen, oder ob er sich nicht weigerte, die Wahrheit von beiden Seiten anzuhören. Unsere Anwälte hatten uns gewarnt: »Es wird hart werden für die Opfer. Das ist normal, es ist ein Prozeß.«

Man fühlte, daß sie wirklich beschützt wurden, diese Leute, man fühlte, daß man nicht zu sehr stören durfte. Das hat mich angewidert, und ich habe mir gesagt: »Die Sache ist von vornherein verloren.«

Die »Haute Cour«[1] ist wirklich das Beispiel. Ich habe den Eindruck, sie versuchen damit, die Leute einzuschläfern. Und das schlimmste ist, daß es zu funktionieren scheint. Wie können Politiker über andere Politiker in einer Angelegenheit des öffentlichen Rechts urteilen? Das ist krankhaft und abwegig. Man findet einen Weg zu verlangen, dort vorgeführt zu werden, und weiß dabei ganz genau, daß es nicht geschehen wird! Das ist vornehm, kluge Psychologie, höchste politische Raffinesse!

Und anschließend stürzt man sich wieder in die Wahlen, als sei nichts gewesen. Nichts als Manöver.

Doch es sind Leute, die nicht mehr das Recht haben dürften, Politik zu machen.

Ich will wissen, wer verantwortlich ist, und es ist Aufgabe der Justiz, das festzustellen.

Es handelt sich um das Verbrechen der vorsätzlichen Vergiftung, und das ist für mich eindeutig ein Problem für das Schwurgericht.

STÉPHANE

Ich interessiere mich für viele Dinge, doch die Politiker mag ich nicht. Ganz und gar nicht. Ich habe keine Lust, eine Meinung über die Politiker zu äußern. Ich mißtraue ihnen, das ist alles, was ich dazu sagen kann.

Ich glaube, mein Vater hat seine Art und Weise zu kämpfen. Das verstehe ich nicht so ganz, ich sage mir: »Warum fährt er denn fort, sich solche Mühe zu machen, wo er doch so darunter leidet!« Es ist wahr, daß ich der Sache nicht die gleiche Bedeutung beimesse wie er. Er hält an diesem Kampf fest und fürchtet gleichzeitig, daß er enden könnte, ohne daß die Gerechtigkeit hergestellt wird.

1 In Frankreich Sondergericht zur Aburteilung politischer Verbrechen. Anm. d. Übers.

AGNÈS

Am 23. Oktober 1992, beim Verlassen des Justizpalastes, sagte Stéphane plötzlich: »Ich habe diesen Prozeß satt, laßt mich in Ruhe. Ich will davon nicht mehr reden.«

Seither spricht er nicht mehr darüber.

Der Prozeß hat ihn sehr geschlaucht. Er hatte hingehen wollen, um zu begreifen, warum er infiziert worden ist. Er hat keine Antwort bekommen. Das hat ihn angeekelt. Er hat den Journalisten erklärt: »Es ist nicht meine Aufgabe, darüber zu sprechen. Ich bleibe auf meinem Platz, es ist an ihnen, den Erwachsenen, sich um diese Affäre zu kümmern.«

Manchmal sagt er zu uns: »Wenn ich nicht infiziert worden wäre, wären wir jetzt nicht in dieser Lage und hätten alle diese Probleme nicht.«

Er versucht auch, nicht allzuoft daran zu denken und sein Leben als Jugendlicher zu leben, mit seinen Hobbys, seiner Familie, seinen Freunden. Er mag es nicht besonders, wenn sich die Journalisten auf ihn stürzen wie auf ein exotisches Tier, und vor allem, wenn sie nicht genau wiedergeben, was er gesagt hat. Er ist manchmal enttäuscht von der Presse. Also ist er vorsichtig wie sein Vater.

Ich habe ihn genau beobachtet, als wir nach dem Prozeß den Gerichtssaal verließen, die Journalisten sich wild auf uns stürzten und wir nicht einmal Zeit hatten, ihnen zu antworten. Er musterte sie mit einem Ausdruck, der besagte: »Ihr seid wohl vollständig übergeschnappt.«

Ich kenne meinen Stéphane. Er kann locker vor einer Kamera sprechen, aber diesmal war er von dem Aufruhr angewidert. Jetzt hat er ein ruhiges Leben nötig.

Er hat recht, es ist eine Angelegenheit der Erwachsenen. Die Affäre des verseuchten Bluts geht wesentlich weiter, als man denkt. Sie zeigt, daß unsere Gesellschaft krank ist. Sie zeigt große

Inkompetenzen, sie zeigt Leute, die Macht wollen und nicht imstande sind, ihr gerecht zu werden. Sie zeigt die Macht der Presse. Die Presse ist es, die dafür gesorgt hat, daß Garretta im Gefängnis sitzt, nicht die Justiz. Und es ist auch die Presse, die die Machthabenden schützt. Sie zeigt die ungeheure Macht der Medien. Sie zeigt die Macht der Ärzte, der »Mandarine«, die zusammenhalten, obgleich sie wissen, daß ein schwarzes Schaf im Gefängnis sitzt. Ein einziges nur. Sie zeigt Magistrate und eine Justiz, die diese politische Macht leid sind, die auf ihren Schultern lastet.

Die Affäre des verseuchten Bluts ist der Blutstropfen, der den Topf einer kranken Gesellschaft zum Überlaufen gebracht hat. Die Franzosen sind sich dessen bewußt. Alle Leute, die uns geschrieben haben, seit der Film ausgestrahlt worden ist, sagen es. Wir lesen es in allen Briefen. Aber ich fürchte, daß die Leute es bei den Wahlen vergessen haben.

Eine gründliche Säuberungsaktion ist nötig. Sonst geht es wieder von vorne los. Man nimmt Leute ohne Kompetenz, eitle Gockel, die um der Macht willen da sind, man verpflanzt sie aus dem Soundso-Ministerium ins Soundso-Ministerium, und sie müssen Entscheidungen über Akten treffen, die ihnen von technischen Ratgebern zubereitet worden sind ...

Und so klettert man auf einer Leiter aufwärts und kullert wieder herunter ... und niemand ist mehr verantwortlich. Das ist die pure Verwaltung, blöde und schwerfällig.

Etwas könnte mich dazu bringen, laut zu brüllen. Ich habe es in einer großen Illustrierten gelesen. Monsieur Fabius hat gesagt: »Die Affäre der Hämophilen wird mich die Präsidentschaft der Republik kosten.« Das ist seine einzige Sorge. Ich wünschte, die Leute würden diesen Mann und seinen Ausspruch nicht vergessen.

Es ist die Inkompetenz, die mich aufschreien läßt. Die Leute dürfen diese Inkompetenzen nicht vergessen, die sagen: »Nicht ich hatte die Entscheidung zu treffen, derjenige, der unterschrieben hat, ist der Verantwortliche.«

Und jene, die sagen: »Ich habe zwar unterschrieben, aber man hat mich nicht informiert. Ich bin verantwortlich, aber nicht schuldig.«

Oben auf der Leiter, unten auf der Leiter, auf der Mitte der Leiter, auf allen Sprossen, und die Inkompetenz klettert von Sprosse zu Sprosse. Dazu das Geld, die Politik rundherum, sowohl rechts wie links.

In dieser Affäre gibt es keine Moral.

Ich hätte gewollt, für meinen Sohn Laurent, für meinen Sohn Stéphane und für all die anderen Opfer und ihre Familien, daß sich irgendwer entschuldigt. Daß sich Garretta entschuldigt, da er ganz allein war. Beim Prozeß ist er ein bißchen weich geworden und hat gesagt: »Ich gestehe, daß ich nicht die richtigen Entscheidungen getroffen habe.«

Aber das ist alles. Er hat nicht gesagt, daß er es bereue. Er hat nicht einmal gebeten, daß man ihm verzeihen möge! Das ist doch wahnwitzig, oder? Ich weiß nicht einmal, ob es mich erleichtert hätte, wenn er um Vergebung gebeten hätte ... Aber es wäre doch immerhin das Allermindeste gewesen!

PATRICE

Ich weiß nicht mehr, zu welchem Zeitpunkt es war – dieser Prozeß hat sechs Wochen gedauert –, aber eines Tages schnitt endlich jemand das Problem der Mehrfachinfektion an. Ich war froh, daß darüber gesprochen wurde, aber ich hatte in jenem Augenblick nicht das Wort und konnte nicht intervenieren.

Seit Stéphane seropositiv ist, fürchte ich eine Mehrfachansteckung. Doch bis dahin leugneten sie die Gefahr ab und fuhren fort, sie abzuleugnen. Für mich war es jedoch logisch, jedermann kann verstehen, daß jemand, dem man eine geringe Menge Viren injiziert, weniger Gefahr läuft, schnell die Krankheit zu entwikkeln, als jemand, dem man eine große Menge einspritzt! Im letzteren Fall hat sein Körper wesentlich größere Mühe, sich zu wehren.

Im Fall von Stéphane habe ich dem Arzt sofort die Frage gestellt, da ich nichts von der Existenz erhitzter Produkte wußte. Ich fragte ihn, ob wir die Prophylaxe einstellen müßten, um eine Mehrfachansteckung zu vermeiden. Mir erschien das eindeutig. Der Arzt versicherte mir jedoch, daß es eine Mehrfachansteckung nicht gebe! Stéphane war infiziert, er könne es nicht noch mehr werden! Daher müsse man die Prophylaxe fortsetzen.

Zweifellos wird man es unglücklicherweise nie nachweisen können, aber ich persönlich bin überzeugt, daß Laurent und Stéphane dadurch mehrfach infiziert worden sind. Und für mich ist es ein doppeltes Verbrechen. Man hat sich nicht damit zufriedengegeben, Laurent zu vergiften, man hat ihm auch noch den Rest gegeben.

Während des Prozesses, als die Ärzte fortfuhren, die Mehrfachansteckung abzustreiten, hatte ich das starke Gefühl, daß ihre Sprache die Verantwortlichen dieser Mehrfachansteckung zu schützen suchte.

Hätte ein Arzt, der wußte, daß er von einem bestimmten Produkt vergiftet worden ist, klaren Kopfes akzeptiert, mehr davon zu bekommen? In dem Wissen, daß es im Ausland zuverlässige Produkte gibt? Ich bin überzeugt, daß dieser Arzt das nächste Flugzeug genommen hätte, um es sich zu egal welchem Preis zu beschaffen!

Und ich habe fast noch Schlimmeres gehört, wenn man das so sagen kann: Von dem Augenblick an, wo man sicher war, daß die erhitzten Produkte den anderen vorzuziehen waren, haben sich die Spezialisten auf dem Prinzip geeinigt, daß Frankreich sich dafür entscheide, diese Technik einzusetzen ... statt nun aber eine vollständige Entscheidung zu treffen, so daß ausnahmslos jedermann den Nutzen davon haben könne, hat man doch immer Geschäfte damit gemacht!

Wir haben es in den Spezialpublikationen gelesen. Die Entscheidung lautete folgendermaßen:

Da die französische Produktion erhitzter Bluterzeugnisse nicht ausreicht, werden die infizierenden Produkte weiterhin an die schon infizierten Leute verteilt. Die erhitzten Produkte werden Kindern und nicht infizierten Personen vorbehalten.

In deontologischer Sicht ist eine solche von Ärzten getroffene Entscheidung absolut irrwitzig!

In meinen Augen ist es das gleiche, als sage man: »Wir töten auf der einen Seite, wir töten nicht auf der anderen!«

Und jetzt das Leben

STÉPHANE

Ich habe einen Haufen Ideen für meine Zukunft, aber ich weiß, daß ich sie nicht alle verwirklichen kann. Mehrere Berufe hätten mich begeistert; einige im Zusammenhang mit der Fliegerei oder andere mit Informatik.

Zur Zeit sind die Programme immer leistungsfähiger. Sie setzen kinematographische Mittel ein und digitalisierte Bilder. Mich würde es interessieren, solche Programme zu konzipieren und Schauspieler mit Dekors zu kombinieren, um interaktive Spiele zu schaffen.

Eine andere Art von Beruf hätte mir gefallen: Pilot in der zivilen Sicherheit. Ich weiß, daß mir mein Gesundheitszustand nur wenig Hoffnung läßt, dorthin zu gelangen. Aber im Augenblick bin ich dabei, einen meiner Träume zu verwirklichen: allein fliegen zu können.

Ich nehme Unterricht in Yenne, in Savoyen, wo ich das Glück hatte, Philippe Zen kennenzulernen, den Weltmeister mit dem ULM-Zweisitzer. Er ist von einem fabelhaften Team von Instrukteuren und Mechanikern umgeben.

Am Steuer meines ULM entkomme ich, empfinde ich Freiheit. Ich werde mich immer an den Tag meines ersten Alleinflugs erinnern. Es war das erste Mal, daß ich allein an Bord der Maschine der Schule fliegen sollte.

Zunächst hat mich Philippe trainiert und getestet, um über mein Steigenlassen zu entscheiden. Dann sind wir gelandet, und er hat lachend gesagt: »Ich bin's leid, du fliegst zu schlecht, du mußt allein fliegen, mit dir will ich nicht mehr fliegen.«

Ich erinnere mich genau, was abgelaufen ist. Ich war in Form, fühlte mich gut, und das Wetter war schön an diesem Morgen. Ich steuerte den ULM zum ersten Mal allein. Ich habe mir gesagt: »Ich werde auf die Piste gehen, die Verifikationen vornehmen, und dann sehen wir weiter.« Ich hatte noch immer Zeit, zurückzukommen.

Starter gezogen, Temperatur, Benzin, Kommandos, Sicherheitsgurt, los geht's! Ich gehe auf die Piste ... soll ich, soll ich nicht ... Und dann hat meine Hand mit einem einzige Ruck den Gashebel gedrückt! Die Maschine hat sich in Bewegung gesetzt, und sobald ich den Starthebel gezogen habe, war ich derartig konzentriert, daß die ganze Angst verflogen ist. Ich bin eine Runde geflogen, bin wieder gelandet, habe wieder abgehoben und bin ein bißchen höher gestiegen. Niemand neben mir. Ich war ganz allein, es war Spitze! Das war ein Gefühl! Ich war fähig, es ganz allein zu bringen! Die wahre Wonne. Ich habe noch eine Runde gedreht, und da mir niemand sagte, ich solle anhalten, habe ich weitergemacht. Das war der Alleinflug. Einfach Super.

Ich würde gern überall hinfliegen, um die ganze Welt. Ich habe einen guten Anzug, und mein ULM hat Türen, die man zumachen kann. Ich riskiere nicht, mich zu erkälten.

Meinen theoretischen Schein habe ich schon. Jetzt bin ich autorisiert, allein an Bord zu sein, und es wird nicht lange dauern, bis ich mein offizielles Patent bekomme. Ich hoffe, das Luftfahrtamt beeilt sich, es mir zu schicken.

Viele Jugendliche meines Alters haben ein Moped, ein Motorrad, ein Fahrzeug, das sie allein fahren können. Meine Eltern finden, daß ich kein Moped fahren soll, und ich sehe das ein. Es ist zu gefährlich. Aber ich habe das Glück, meinen ULM fliegen zu können. Das ist mein Moped. Und in gewissem Sinne ist das besser.

Bald werde ich von dem Gelände bei uns nebenan starten

können und in Saint-Jean-d'Avelanne landen. Dort wohnen meine Freunde. Sobald ich die Qualifikation für Passagiere habe, nehme ich sie zu einer Runde nach Annecy oder nach Grenoble mit . . .

Manchmal fragen mich Mädchen: »Bist du das, der ab und zu mit dem ULM vorbeikommt?«

Dann verspreche ich ihnen, daß ich sie eines Tages mitnehme . . .

Fliegen . . . etwas Großartigeres gibt es nicht.

AGNÈS

Bevor der Film im Fernsehen gesendet wurde, rief jemand aus dem Elysée an und sagte: »Monsieur Mitterand möchte etwas für Stéphane tun, er war sehr betroffen von Ihrem Problem . . .«

Er schlug Stéphane vor, ihn in der Concorde des Präsidenten zu der Umweltkonferenz nach Rio de Janeiro am 13. Juni 1992 mitzunehmen. Stéphane ist vor Freude in die Luft gesprungen! Im Flugzeug des Präsidenten zu fliegen, das wird nicht jedem angeboten, und er ist derartig verrückt aufs Fliegen! Er träumt davon, in alles zu steigen, was fliegt, er wäre gern Berufspilot geworden, wenn das alles nicht wäre . . .

Patrice hat zunächst gefragt: »Ohne Photographen? Ohne alles?«

»Völlig anonym, um an der Konferenz teilzunehmen.«

Wir haben überlegt. Und wir haben zu Stéphane gesagt: »Hör zu, wir müssen unserer eigenen Logik treu bleiben. Wir bringen einen Film heraus, der der Regierung angst macht, in dem wir sagen, daß der Tod von Laurent ein Verbrechen ist, daß deine Infizierung und die aller Bluter ein Verbrechen ist, daß man unsere Kinder getötet hat und daß Politiker dafür verantwortlich sind. In der Tat ist es die Regierung, die wir in Frage stellen. Und du, du sollst mit dem Präsidenten dieser Regierung in der Concorde spazierenfliegen?«

Meiner Ansicht nach wollten sie etwas entschärfen. Warum dieses Angebot per Telefon und nicht schriftlich? Ohne Spuren zu hinterlassen?

»Verstehst du, Stéphane, du kannst nicht mitfliegen. Wir wissen, daß du hingerissen wärest, mit der Concorde zu fliegen, aber gerade deswegen . . . das spielen sie aus, und das ist unanständig. Sie haben die Tatsache einkalkuliert, daß du das Fliegen liebst, um dich mit einer Prestigegeschichte milde zu stimmen – mit dem Präsidenten nach Rio zu fliegen. Du hättest eine schöne Reise gemacht, und nachher: »Danke, Herr Präsident . . .« Verstehst du, Stéphane? Wir können nicht danke sagen . . .«

Er hat es verstanden, und anschließend war er empört.

»Sie treiben es wirklich zu weit.«

Wenn es ein Problem gibt, versuchen wir immer, ihm zu helfen, die Situation zu analysieren. Ich sage, wie ich die Dinge sehe, Patrice erläutert seinen Standpunkt und Stéphane den seinen. So haben wir es immer gehalten. Als Stéphane die Situation mit dieser Geschichte von Rio durchschaut hat, hat er zu uns gesagt: »Ich hatte das nicht so gesehen. Gerade bevor der Film ausgestrahlt wird – was für ein Zufall.«

Ich denke mir, sie haben sich gesagt: »Wir nehmen den Jungen mit nach Rio, dann sind sie zufrieden, und damit ist schon mal eine Familie von Blutern neutralisiert . . .«

Was sie nicht begreifen, ist, daß wir nichts mehr zu verlieren haben. Weniger zu verlieren als sie. Wir haben schon Laurent verloren.

Was haben wir sonst noch zu verlieren? Ich habe keine Stellung, Patrice hat seine Arbeit, wir leben ein einfaches Leben mit unseren Kindern.

Sie haben uns unseren Sohn genommen, sie haben unser Leben verdorben, was können sie uns sonst noch nehmen? Nichts.

Doch! Sie haben versucht, uns unsere Ehre zu nehmen. Es hat nicht geklappt.

Was uns betrifft, wir ziehen es vor, ruhig zu schlafen.

PATRICE

Dieser Herr vom Elysée, der angerufen hat, hat unheimlich insistiert, er wollte unbedingt mit mir sprechen und konnte nicht warten. Agnès hat ihm meine Telefonnummer auf der Arbeit gegeben. Gegen 11 Uhr vormittags erhielt ich den Anruf. Ich konnte es nicht fassen. Ein Berater des Präsidenten . . .

Er hat mir eine erste Frage gestellt: »Welches sind Ihre Hauptprobleme im Zusammenhang mit der Infizierung Ihrer Kinder? Können wir Ihnen irgendwie helfen?«

Ich habe geantwortet: »Es gibt zwei. Zunächst die Entschädigungen. Wir brauchen sie sehr, sehr dringend. Laurent hatte viele Träume von Reisen, die ich gerne verwirklicht hätte, um ihn glücklich zu machen. Wir waren es ihm schuldig, ihn glücklich zu machen in seiner Krankheit. Er habe es für ihn nicht verwirklichen können. Ich täte es gern für Stéphane. Und das zweite ist, daß die Justiz ihre Arbeit tun soll, daß die Verantwortlichen, auch Politiker, vor Gericht kommen.«

Er hat geantwortet: »Danke, ich habe es notiert. Ich habe eine Botschaft . . . Der Präsident war sehr betroffen, er hat mich beauftragt, Sie zu fragen, ob Sie damit einverstanden wären, daß Stéphane ihn nach Rio zur Umweltkonferenz begleitet.«

Ich wußte im ersten Moment nicht, ob ich ja oder nein sagen sollte. Ich habe gesagt, daß ich darüber nachdenken würde. Daß die Bluterkrankheit ein Problem darstelle und wir ihn begleiten müßten.

»Sie brauchen ihn nicht zu begleiten, wir haben kompetente Ärzte.«

Ich habe an Stéphanes Freude gedacht. Es konnte für ihn eine schöne Erinnerung sein, eine Freude . . . wie es das für jedes Kind gewesen wäre und selbst für manchen Erwachsenen. Eine Reise in der Concorde, das war wundervoll für ihn, keine Frage.

Nur, die Sache war nicht klar. Wieso wählten sie ausgerechnet Stéphane, wo es so viele andere Kinder in Not gibt? Weil die Presse schon darüber informiert war, daß der Film am 4. Juni von Antenne 2 ausgestrahlt werden würde?

Die Reise war für den 13. Juni geplant. Ich habe seinen Anruf erhalten und dann einen eingeschriebenen Antwortbrief geschickt, in dem ich sehr höflich die Gründe für unsere Absage erläuterte.

Zunächst Stéphanes Bluterkrankheit und unsere Erfahrung diesbezüglich, die verlange, ihn für den Fall einer schweren Hämorrhagie nicht allein zu lassen. Dann die Tatsache, daß er im 4. Stadium der AIDS-Krankheit ist und wir ihn deswegen noch weniger ohne uns reisen lassen konnten. Und schließlich der Prozeß. Er war auf den 22. Juni anberaumt, und da die damalige Regierung für die Infizierung der Kinder verantwortlich war, konnten wir aus moralischen Gründen dieses Reiseangebot nicht annehmen.

Trotzdem habe ich unsere Aktennummer für die Entschädigung mit angegeben und die Hoffnung ausgedrückt, daß die Gesamtheit der Mittel freigegeben werde, auf die Stéphane Anspruch hat, weil wir nicht wissen, wie lange er noch zu leben hat.

Um die Wahrheit zu sagen, hatte ich den Eindruck, daß die Geschichte von der Reise in der Concorde nach Rio ein Köder war, den man uns hinhielt, damit wir schweigen.

Ein anderer Junge ist mit dem Präsidenten gereist, er war nicht Bluter, und er hatte kein AIDS.

Eines Tages werde ich Stéphane diese Reise mit der Concorde schenken.

STÉPHANE

Diese Reise mit der Concorde – das habe ich verstanden.

Aber ich würde gern in einem Jagdflugzeug fliegen. Das muß super sein. Man hat mir auch eine Runde im Deltaplaner vorgeschlagen, es ist bislang noch nicht geschehen, aber vielleicht passiert es eines Tages.

Das Flugzeug, der ULM, das fesselt mich. Alles interessiert mich, Computerprogramme, Bücher, Platten, Videokassetten. Ich bin nicht wirklich verschwenderisch, nur wenn ich zur FNAC gehe. Mein letzter Einkauf war die Trilogie von »Indiana Jones«, ich hatte schon lange Lust, sie zu sehen, alle Leute um mich herum haben sie schon gesehen. Außerdem habe ich mir »Terminator II« gekauft. In diesem Film versucht das Kind, Terminator Gefühle einzuflößen, ihm beizubringen, nicht zu töten. Ich finde, dieser Film hat eine gewaltige Moral. Er sagt, daß die Informatik schön ist, eine feine Sache, aber daß die Maschine sich in dem Moment, wo man ihr Intelligenz eingibt, gegen uns wenden kann.

Was im Augenblick für mich zählt, ist, so viele Sachen wie möglich zu machen. Das ist nicht unbedingt egoistisch, ich lade wahnsinnig gern Freunde zu mir ein. Sobald ich kann, nehme ich sie zu einer Runde im ULM mit. Sie sind begeistert von der Fliegerei und träumen schon lange davon. Und ich wäre unheimlich glücklich! Im Augenblick warte ich auf den ULM. Das einzige Problem ist, daß ich nicht warten mag, ich mag keine Zeit verlieren. Ich bin fünfzehn, ich liebe das Leben.

AGNÈS

Stéphane ist immer voller Lebensfreude, immer lächelnd, immer fröhlich, immer zufrieden. Er ist ein Kind, zum Glücklichsein geschaffen. Und er ist derartig intelligent! Er ist eher intellektuell als handwerklich begabt, er weiß so viel, er ist faszinierend, und er begeistert sich für so viele Themen. Er kann mit jedermann und über alles diskutieren. Er liebt das Leben über alle Maßen, er verschlingt es geradezu.

Er ist großzügig, wie es auch sein Bruder Laurent gewesen ist. Häufig kauft er Alexandre Spielsachen, der übrigens schlechte Gewohnheiten angenommen hat. Jedesmal, wenn er Lust auf etwas hat, sagt er zu Stéphane: »Kaufst du mir das? Sag, kaufst du mir das Spielzeug?«

Und Stéphane gibt oft nach und verwöhnt ihn. Auch uns schenkt er häufig kleine Aufmerksamkeiten.

Wir hatten uns derartig tief in Laurents Kampf verbissen, daß wir dabei Stéphane und Alexandre beinahe ein bißchen vergessen haben. Jetzt wird mir das klar. Aber wir mußten ihm darüber hinweg helfen, ihn unterstützen.

Beim Tod von Laurent bin ich nicht völlig depressiv geworden, ich habe mich oft betäubt. Ich weine oft, und das hilft dann wieder. Wie Stéphane. Beim kleinsten Problem weinen wir. Man läßt die Gefühle raus, danach fühlt man sich besser, und es geht wieder weiter. Aber wir tun es nicht vor den anderen.

Jetzt müssen wir Stéphane helfen. Ich habe Angst, ich habe ständig Angst. Patrice ebenso. Ich glaube, wir haben alle drei Angst. Stéphane hat Angst, nicht genug Zeit zum Leben zu haben, um alles tun zu können. Manchmal sagt er: »Ich muß mich beeilen, ich weiß nicht, wieviel Zeit mir noch bleibt.«

Aber er sagt auch: »Wenn ich dann studiere . . .«

Manchmal ist es die Zukunft, manchmal der Augenblick selbst. Und in der Gegenwart muß man ihn gut beschäftigen, um ihn von seinen Ängsten zu befreien. Er spricht niemals über seinen Tod. Er geht davon aus, daß er nicht sterben muß, und dennoch sagt er: »Ich weiß nicht, wieviel Zeit mir noch bleibt . . .«

Diese Hast zu leben hat sich seit dem Tod seines Bruders verstärkt. Vorher war er nicht so, lebte nicht mit hundert Stundenkilometern Geschwindigkeit. Im Augenblick will er ständig fliegen, das ist vorrangig in seinem Leben. Patrice ist dabei, ihm einen ULM zusammenzubauen. Aber es geht nicht schnell genug. Also beeilt sich der arme Patrice, müht sich ab, es ist langwierig, und er hat ja auch noch andere Sachen zu tun. Aber Stéphane mag nicht warten, mag unausgefüllte Zeit nicht. Er drängt uns ständig. Manchmal sind wir gezwungen, ihm zu sagen: »Ach, Stéphane! Hör auf! Du schaffst uns! Wir können nicht mehr!«

Wenn das Wochenende kommt, ohne daß etwas geplant ist, so ist das eine Katastrophe.

Er mag auch nicht schlafen gehen. Abends trödelt er: »Stéphane . . . du sollst schlafen gehen! Es ist Zeit . . . Morgen ist Schule, geh ins Bett . . .«

Und er: »Nein, nein! Ich bin gern mit euch zusammen.«

Er mag uns nicht verlassen. Schlafen gehen ist gleichbedeutend mit uns verlassen. Trotzdem klagt er über die Anstrengung, den Schulstreß. Es ist ein Konzentrationsproblem, im letzten Jahr war einfach zu viel los. Er ist erschöpft. Manchmal gelingt es uns nicht, das Ausmaß seiner Erschöpfung wirklich zu durchschauen. Es kommt vor, daß er sagt: »Ich bin müde . . .«, sich für zwei Stunden hinlegt und gleich danach wieder vor Lebensmut strotzt.

Es ist für uns ebenso beunruhigend, wenn er erklärt: »Mir geht es bestens.«

Wir fragen uns, ob das wirklich stimmt oder ob er es sagt, um uns eine Freude zu machen, um uns zu beruhigen. Oder um keine Zeit mit Nichtstun zu verlieren . . . um das Leben zu verschlingen.

Ich habe beobachtet, wie sich dieser wilde Lebenshunger nach dem Tod von Laurent verstärkte. Laurent ist am 31. Januar 1992 gestorben. Die Februarferien begannen eine Woche darauf, und wir mußten zum Skilaufen fahren. Für Patrice war das schwer. Er mußte trauern, mußte in Gedanken bei Laurent bleiben, auf den Friedhof gehen. Stéphane verlangte nach Leben, seinem Leben.

Es war schwer, aber wir sind um seinet- und um Alexandres willen gefahren.

Er jagte wie ein Verhungerter die Pisten entlang. Patrice konnte ihm nicht folgen. Er hat sich nicht die Zeit genommen, um seinen Bruder zu trauern. Er wollte nicht. Er wollte sich körperlich auslaugen, vor Erschöpfung, vor frischer Luft umkippen, aus vollen Lungen leben.

Es kommt vor, daß er zusammenbricht. Zum Beispiel fiel es ihm neulich schwer, seine Schularbeiten zu lernen, und das verärgert ihn immer.

»Nimm dir doch Zeit!«

»Nein! Ich habe keine Zeit . . .«

Und er weint . . .

Abgesehen vom ULM genießt er es, in großen Einkaufszentren herumzuschlendern, vor allem in der FNAC! Dort gibt es alles, was er liebt. Computerprogramme, Bücher, Kassetten – er möchte über alles auf dem laufenden sein. Er will alles auskosten. Wie jemand, der irgendwo in einem fremden Land aufwacht und alles sehen, alles besuchen, überall hingehen möchte. Skilaufen, Fliegen, Computer, Wanderungen, Reisen . . . Machen . . . machen . . . machen . . .

PATRICE

Selbst jetzt fällt es mir schwer, den Tod von Laurent zu akzeptieren. Ich gebe mir Mühe, daß Stéphane so wenig wie möglich darunter leidet. Ich weiß, daß Agnès und er es gerne sähen, wenn ich weniger unglücklich wäre. Selbst wenn ich im Inneren unglücklich bin, zwinge ich mich, es mir nicht anmerken zu lassen. Das ist meine Pflicht. Aber es ist schwer zu verheimlichen.

Anderen mag es seltsam erscheinen, daß ich Laurents Tod so erlebe. Daß ich ihn im Vergleich zu Agnès, Stéphane und Alexandre vergrößere. Aber solange der Tod nicht eingetreten ist, besteht Hoffnung, und Laurent ist tot.

Dennoch kämpfe ich angesichts der Krankheit nach wie vor in optimistischer Weise. Manchmal wünsche ich mir, die Zeit zum Verschnaufen zu haben und mich zu entspannen. Aber das kann ich nicht. Jeder Vater ist seinen Kindern nach seinem besten Vermögen Unterstützung schuldig.

Jetzt ist es Stéphanes Kampf, der gleiche wie der von Laurent. Er ist über alles auf dem laufenden, über seine Analysen, über seine Abwehrkräfte. Er würde es nicht dulden, daß man ihm etwas verheimlicht. Wenn die Abwehrkräfte sinken, wie im Augenblick, dann sage ich zu ihm: »Achtung, Stéphane, sei vorsichtig, deine Abwehrkräfte sind schwach.«

Denn es braucht wirklich nicht viel, es reicht, wenn Stéphane eine schwere Hämorrhagie hat, im Gehirn zum Beispiel, und daß man gezwungen ist, ihm große Mengen von Faktor VIII einzuspritzen, um das Schlimmste zu verhindern. Ein Problem dieser Art könnte für ihn fatal sein, denn die Transfusionen schwächen die Abwehrkräfte.

Ich lasse ihn meine Sorgen wissen, und er entdramatisiert systematisch die Angelegenheit. Letztlich hatten sich die T4 verringert, was einigermaßen beunruhigend ist, da man weiß, daß die T4 eine ziemlich wichtige Rolle im Bereich der Abwehrkräfte spielen. Ich habe zu ihm gesagt: »Stéphane, es ist gewiß nicht übermäßig schlimm, aber ich möchte, daß du weißt, daß die T4 sehr niedrig sind. Die T8 dagegen sind normal, aber du mußt aufpassen.«

Und er gibt mir zur Antwort: »Klasse, die T8 sind also normal.«

Stéphane ist optimistisch, und das hilft ihm sehr. So oder so verlangt er, daß wir offen mit ihm reden. Was die Blutanalysen betrifft, so weiß er seine Ergebnisse sehr genau zu interpretieren. Er diskutiert ständig mit den Ärzten und den Forschern, er will alles verstehen. Ich verheimliche ihm nichts. Wobei ich mir immer bewußt bin, daß es morgen schlechte Nachrichten geben kann, über die ich ihn informieren muß. Ich könnte nichts anderes tun, denn er will es so.

Er hat sich sehr verändert. Er frißt, er verschlingt das Leben. Alles, was er tut, tut er ganz und gar, bis zum Ende. Mit dem ULM ist er beispielsweise vorsichtig, aber er fliegt bis zum allerletzten Lichtschimmer, bis zum Einbruch der Nacht. Auf Skiern macht er eine letzte Abfahrt mit höchster Geschwindigkeit, um noch ein allerletztes Mal abzufahren. Er hat sein Leben beschleunigt. Er ist unersättlich.

STÉPHANE

Manchmal mache ich mir Gedanken über meine Zukunft. Ich frage mich: »Was tust du eigentlich? Warum mühst du dich damit ab, das zu machen? Ist es wirklich so wichtig, die Studien fortzusetzen? Ist das nicht ein Zeitverlust? Wenn dir nur noch wenig Zeit zum Leben bleibt, wäre es nicht besser zu fliegen, zu reisen, spazierenzugehen, dir Zeit zum Leben zu nehmen ohne die Zwänge der Schule?«

Und manchmal rufe ich mich zur Vernunft und sage mir: »Du hast vielleicht eine Zukunft vor dir, reiß dich zusammen, mach weiter, lerne. Vielleicht bereust du es sonst eines Tages.« Also lege ich wieder los und arbeite. Es ist schwer, das Gleichgewicht zwischen beidem zu finden.

Im Januar war ich so krank und erschöpft, daß Mama, um mir zu helfen, beschlossen hat, daß ich Fernunterricht nehmen sollte. Im Mai werde ich wieder regelmäßig in die Schule gehen können. Da findet die Wiederaufnahme des Prozesses statt, sechs Wochen lang. Man macht wieder einen Prozeß, als ob der erste zu nichts gedient hätte. Das ist wieder ein finanzieller Betrug an den Opfern. Was für eine Vergeudung!

AGNÈS

Stéphane sagt mir immer, daß er mich lieb hat. Er hat es immer getan, wie Laurent. Wir sagen oft »ich hab dich lieb« zueinander. Wir sind sehr zärtlich. Alexandre auch. Er klebt sehr an mir. Manchmal sage ich zu ihm: »Geh mal ein bißchen zu deinem Vater.«

Jeder ist mal dran, wir haben sie immer im Arm gehalten, und wir tun es nach wie vor.

Als sie zu dritt waren, haben wir sie uns weitergereicht. Es war immer sehr wichtig, ihnen zu sagen »ich hab dich lieb.«

Zu Laurent habe ich mindestens einmal jeden Tag gesagt »ich hab dich lieb.«

Alexandre sage ich oft morgens: »Guten Morgen, mein Schatz, wie geht es dir heute? Hast du gut geschlafen? Wie schön du bist! Wie hast du das gemacht, daß du so schön bist?«

Er antwortet: »Ich weiß nicht.«

Und dann lachen wir. Ich habe eine fröhliche, mütterliche Natur.

Was man uns angetan hat, indem man Laurent getötet und das Leben von Stéphane in Gefahr gebracht hat, ist, daß man gleichzeitig unser Glück getötet hat.

Die Liebe unserer Kinder, die Liebe zwischen uns beiden, das ist es, was uns aufrechterhält. Wenn man ein Kind verloren hat, weiß man nicht recht, was man ist. Waise? Witwe? Es gibt Wörter für jene, die man verliert, Eltern oder Ehepartner, aber nicht, um den Verlust eines Kindes auszudrücken. Eine Freundin sagte dies einmal, die ebenfalls ihr Kind verloren hat, und das hat mich getroffen. Sein Kind zu verlieren, hat keinen Namen. Man muß es den Leuten erklären, damit sie es verstehen. Das ist lang und schwierig.

Jeder trägt sein Unglück auf seine Weise. Stéphane jagt dem Leben nach, und ich würde auch gerne entkommen, mich mit vielen Dingen draußen beschäftigen, ein bißchen flüchten. Wir sind alle drei erschöpft, nachdem wir so lange und so heftig gekämpft haben, und das zeigt sich nicht in gleicher Weise. Ich spreche oft von verschiedenen Rettungsringen, jeder schwimmt mit seinem eigenen auf einem Ozean. Man schwimmt, wie man kann. Alexandre schwimmt ohne Probleme wie ein Korken.

Wenn ich die Post lese, stelle ich fest, daß manche Leute uns idealisieren, sie reihen sich hinter uns ein, weil sie die Kinder kennen und die anderen anonym bleiben. Wenn sie sehen, daß jemand sich wehrt, bewundern sie ihn. Wir betrachten uns nicht als bewundernswert. Wir erfüllen unsere Pflicht als Eltern. Wir machen weiter. Stéphane ist das manchmal unangenehm. Er knurrt: »Die Leute sagen, ich sei tapfer. Ich müßte einen bestimmten Platz einnehmen, aber ich bin das alles nicht.«

PATRICE

Seit dem Tod von Laurent ist in mir etwas Unglaubliches passiert. Es mag unwichtig erscheinen, aber das ist es nicht. Ich hatte immer einen Horror vor Spinnen, vor Insekten. Neulich war eine Hornisse in der Küche, und ich konnte sie nicht erschlagen, weil es mir mehr Mitleid einflößte als in der Vergangenheit. Das hat mich erschüttert. Ich habe versucht, sie mit einem Papier gegen die Scheibe zu drücken und ihr dabei so wenig Schmerz zuzufügen wie möglich. Dann habe ich sie nach draußen geworfen.

Wenn die Hornisse meinen Sohn in Gefahr gebracht hätte, hätte ich sie umgebracht. Aber da ich anders konnte, habe ich es nicht getan. Es ist einfach so, ich kann nicht mehr töten, nicht einmal eine Hornisse. Zum Beispiel klammere ich mich ans Leben. Der Beweis ist, daß ich wie Stéphane fliegen lerne. Eine Zuflucht, die ich brauche. Die Konzentration des Fliegens beschäftigt meinen Geist. Aber selbst in diesen Momenten denke ich noch an Laurent. Ich habe eine Frau, Kinder, die Aufgabe,

Alexandre großzuziehen, Stéphane zu retten. Aber wäre ich mit Laurent allein gewesen, hätte ich mit Sicherheit ein Mittel gefunden, mich ihm zuzugesellen. So oder so werden wir uns eines Tages wiederfinden, denke ich.

Aber man muß zu leben versuchen, sich anstrengen, und dann ist es absolut nötig, daß Gerechtigkeit erreicht wird, daß es ein Beispiel ist, damit sich dergleichen nicht wiederholt. Ich kann den Gedanken nicht ertragen, daß andere das, was ich erlitten habe und noch immer erleide, ihrerseits durchmachen müssen. Ich kenne Familien, die durch grauenvolle moralische Qualen vollständig zerrüttet sind. Ich weigere mich zuzulassen, daß es in der Zukunft diese Risiken gibt. Es ist undenkbar! Ausgeschlossen!

AGNÈS

Wenn man AIDS-kranke Kinder hat, muß man gewisse Vorsichtsmaßnahmen treffen. Ich habe meine Kinder immer geküßt, habe sie versorgt, gepflegt, mit ihnen zusammen gebadet. Das ist normal, ich liebe sie! Gut, ich ziehe Handschuhe an, wenn ich bestimmte Behandlungen durchführe. Ich kann mir nicht vorstellen, daß man diese Krankheit auf diese Weise bekommt. Im Laufe der acht Jahre hätte ich es gemerkt! Ich glaube, eine Mutter kann das nicht einmal in Betracht ziehen.

Zudem habe ich große Übung. Wir haben das Krankenhausmilieu ganz wenig frequentiert. Laurent hat vielleicht acht Tage im Krankenhaus verbracht im Laufe von drei Jahren. Dort berührten sie ihn nicht. Nicht einmal, um ihn zu waschen. Ich war es, die ihm die Zähne geputzt hat. Das einzige, was sie selber machten, war die Bettwäsche zu wechseln und sein Zimmer zu fegen. Alles andere haben wir gemacht. Meine Jungen habe ich immer gepflegt, gehätschelt, geküßt – Desinfektionsmittel, zugestanden . . . aber in Maßen.

Patrice und ich haben uns nie oft gestritten, zur Zeit geraten wir uns wegen Kleinigkeiten ein bißchen in die Wolle.

Der Tod von Laurent hat uns niedergeschmettert. Manchmal werfen wir uns Worte an den Kopf, weil wir krank sind, Kummer haben, weil sie gesagt werden müssen, um darüber hinwegzukommen. Da muß man durch. Man kommt nicht drum herum. Man bleibt gezeichnet. Das Unglück hat uns einander noch näher gebracht, aber der Unterschied ist, daß er an Unglück gewöhnt ist, er hat eine schwere Kindheit gehabt, keinen Vater, keine Mutter, Waisenhaus, jede Menge Schwierigkeiten. Es ist, als ob ihm das Unglück ständig auf den Kopf fiele, das sagt er selbst.

Bei mir ist das anders. Ich muß dem Unglück entkommen, ich sage es und tue es, zumindest versuche ich es. Stéphane ebenfalls. Ich habe in diesem Jahr eine große Menge ehrenamtlicher Aktivitäten übernommen und Leute kennengelernt. Mich um andere Menschen zu kümmern, beschäftigt meinen Geist und läßt mir weniger Zeit zum Grübeln. Abends beim Einschlafen ist das schwieriger . . .

PATRICE

Stéphane hat seine Krankheit akzeptiert, sofern man sie akzeptieren kann.

Zu Anfang war es ein großer Lernprozeß, und das Lernen geht weiter. Gewisse Dinge werden sich weiterhin ändern, denen wir uns stellen müssen. Die Sexualität zum Beispiel. Er ist fünfzehn, beinahe sechzehn, und ist in bezug auf die Vorsichtsmaßnahmen einverstanden; er ist sich des Risikos voll bewußt, das er für andere darstellen kann. Man muß ihn auch aufmuntern, damit er sich deswegen nicht entmutigen läßt. Da es eine Krankheit ist, die man im Augenblick nicht heilen kann, ist Respekt eine unabdingbare Pflicht den Mitmenschen gegenüber. Wenn er das Problem der Sexualität lange genug hinausschieben kann und die Medizin in der Zwischenzeit eine Lösung gefunden hat . . .

Eines Tages wird er Lust auf eine Frau haben. Laurent war zu jung, und diese Dinge haben wir mit ihm nicht angehen müssen. Aber im Alter von fünfzehn Jahren kommt einem das Geschlechtsleben bald in den Sinn. In ein oder zwei Jahren wird das Bedürfnis vielleicht groß sein. Ich weiß es nicht. Und es macht Kummer, daß Stéphane auch in diesem Bereich kein normales Leben haben kann. Das ist eine der Benachteiligungen dieser Krankheit. Vor allem bei einem Jugendlichen, der die Liebe nie erlebt hat und sie nicht kennt. Es ist entsetzlich.

Ich hoffe, daß man bald etwas gegen AIDS findet. Die Medizin leistet nicht immer Großartiges, sie irrt sich manchmal, aber man kann hoffen, daß eines Tages irgendwo in der Welt jemand etwas findet. Es dauert immer zu lange, wenn man wartet, aber ich hoffe, daß Stéphanes Krankheit die Geduld hat, bis zu dem Moment zu warten.

Im übrigen bin ich äußerst vorsichtig. Es ist wichtig, da Stéphane in einem Alter ist, wo er Gesellschaft sucht. Ein Minimum von Dingen will ich ihm beibringen, aus Respekt vor den Mitmenschen.

Agnès sträubt sich bezüglich dieser Vorsichtsmaßnahmen. Es ist eine Weise, nicht über die Krankheit sprechen zu wollen. Eine Weise, sich zu sagen: »Stéphane hat nichts.« Er ist ihr Sohn, sie könnte ebenfalls krank sein, aber sie will es nicht akzeptieren, nicht einmal daran denken. Sie ist fatalistischer.

Es gelingt mir nicht, sie ganz und gar zu verstehen. Natürlich ist das lästig. Wir haben Büchsen, die mit einem Schnappverschluß verschlossen werden: Die roten sind für die infizierten Injektionsnadeln, die im Krankenhaus in den Verbrennungsofen kommen. Wir haben drei davon im Haus. Jedesmal, wenn eine voll ist, bringen wir sie ins Krankenhaus und nehmen eine neue mit. Sie macht es durchaus ernsthaft, aber es geht ihr auf die Nerven.

Sie will nicht, daß sich ihr Sohn wie ein Aussätziger fühlt. Er ist es natürlich nicht, und sie streitet es genau wie ich rundweg ab. Man könnte meinen, sie spiele mit der Krankheit, mit der Fatalität. Seit Laurents Tod spricht sie immer häufiger von dieser Fatalität. In ihren Augen bin ich überpingelig. Ich glaube nicht . . . Ich habe vielleicht ein gewisses Maß an Perfektionismus. Das liegt in meiner Natur.

STÉPHANE

Wenn man jung ist, sind die Vorstellungen der Eltern auch die eigenen. Wenn man dann ein gewisses Alter erreicht, baut man sich seine eigenen Vorstellungen aufgrund dessen, was man wirklich denkt.

Es trifft zu, daß manche meiner Vorstellungen denen meiner Mutter näher sind. Das gefällt meinem Vater nicht besonders. Das heißt, wenn meine Vorstellungen ihm nicht entsprechen und ich eine andere Stellung einnehme als er, glaubt er oft, daß ich auf der Seite meiner Mutter stünde. Doch das ist nicht der Fall. Ich bin ich, und ich habe meine Vorstellungen. Also diskutieren wir. Wir hören nicht auf zu diskutieren. Oben in meinem Zimmer, wir beide allein oder unten im Salon alle drei. Wir reden über alles, und auch Alexandre profitiert davon, denn er lernt etwas vom Leben. Glücklicherweise ist das so, glücklicherweise habe ich solche Eltern. Ich sage, was ich zu sagen habe, und es wird nicht immer gut aufgenommen, aber wenigstens habe ich es gesagt.

Zur Zeit bin ich ein bißchen ihr Schiedsrichter bei kleinen Konflikten. Manchmal bin ich persönlich anderer Meinung als mein Vater, und die Diskussion kann bis spät in die Nacht dauern, aber wir gehen nicht schlafen, ohne das Problem geregelt zu haben. Am nächsten Tag ist es vorüber, und wir sprechen nicht mehr davon.

Mir wäre es lieber, wir wären uns immer einig. In gewisser Weise ziehe ich es vor, mit ihm zu diskutieren, selbst wenn wir uns nicht einig sind, als überhaupt nicht zu diskutieren und es für mich zu behalten.

Ich liebe meinen Vater sehr, und diese Diskussionen ändern daran nichts. Er kümmert sich unheimlich um mich. Zum Beispiel baut er mir einen ULM, aber er macht so viele andere Sachen außerdem! Er hat alle Nächte bei mir im Krankenhaus verbracht, als ich kürzlich hin mußte. Er war immer da, Minute um Minute, jedesmal, wenn ich ihn brauchte. Er macht sich gewaltige Sorgen um meine Gesundheit, manchmal finde ich, daß er übertreibt, aber es ist aus Liebe zu mir. In solchen Momenten helfen mir meine Eltern immer sehr, was nicht für alle gilt, die ich im Krankenhaus gesehen habe. Ich habe großes Glück.

AGNÈS

Es ist die Angst von Patrice, die diese Diskussionen auslöst, bei denen es sich häufig um das dreht, was Stéphane tut oder nicht tut, was er ißt, seine Müdigkeit, die Anhäufung seiner Aktivitäten usw. Es spiegelt seine Beunruhigung angesichts der Krankheit wider, während Stéphane es eher auf die leichte Schulter nimmt.

Im Grunde weiß er recht gut, daß sein Vater recht hat, und wenn er nicht wütend ist, gibt er es auch zu. Aber wenn er nicht einverstanden ist, erzählt er ihm alles, was ihm einfällt, benutzt alle möglichen und unmöglichen Argumente. Ich höre ihnen zu. Oft dauert es zwei Stunden, bis schließlich einer der beiden nachgibt, dann ist Schluß. Manchmal bin ich es leid, gehe ins Zimmer hinauf und sage: »Seid ihr jetzt bald fertig mit eurem Palaver um nichts und wieder nichts? Schluß jetzt, wir gehen alle ins Bett.«

Aber ich habe den Eindruck, daß ihnen diese Wortgefechte zwischen Vater und Sohn gefallen. Sie diskutieren um Nichtigkeiten, Fragen der Fliegerei oder der Müdigkeit, aber was mir daran gefällt, ist, daß Patrice immer offen ist, und das Wichtigste ist, daß sie reden, daß sie kommunizieren. Und das tun sie! Es kommt sogar vor, daß sie mich zum Mond schicken, wenn ich eingreife, damit sie endlich aufhören. Ich kriege von dem einen oder dem anderen zu hören: »Laß uns in Ruhe, wir diskutieren!«

Das ist gut. Ich nehme an, daß Stéphane nicht allzusehr unter Druck gesetzt werden mag, aber er braucht auch die Gelegenheit zu kämpfen, den Widerspruch.

Ich mag die Geschichte mit dem Hocker gern. Patrice und ich haben angesichts der Krankheit das Prinzip des dreibeinigen Hockers aufgestellt: Liebe, Lebenshygiene und gesunde Ernährung. Die Liebe ist das Wichtigste, und Stéphane weiß, daß wir ihn lieben. Das ist ein Bein des Hockers.

Die Lebenshygiene, das ist Sport und Schlaf. Das ist das zweite Bein. Stéphane fehlt es ein wenig an Sport, er würde gerne mehr Sport treiben, aber wir finden nicht immer die Zeit, und manchmal ist er zu müde.

Die gesunde, ausgewogene Ernährung ist ebenfalls wichtig, es ist das dritte Bein. Wenn man ein Bein wegnimmt, kippt der Hocker um.

Stéphane attackiert ein Bein im besonderen: Er liebt den Sport, das ist normal. Er neigt dazu, zu übertreiben, und dann ist er erschöpft.

Aber, um auf diese ganzen Diskussionen zurückzukommen, ich glaube, daß sie für Stéphane in erster Linie ein Vorwand sind, der Autorität des Vaters zu trotzen, denn er ist dabei, zum Mann zu werden. Am Ende finden sie immer einen Kompromiß, auf den sie sich einigen können. Und Patrice ist fabelhaft: Er stellt sich selber oft die Frage und denkt über das nach, was Stéphane ihm gesagt hat. Ich lasse sie gewähren, und manchmal stelle ich mich auf die Seite von Patrice. Das ist normal, denn wenn ich es nicht tue und Stéphane einen kleinen Riß zwischen uns wittert, dann nutzte er das aus und schmeißt sich dazwischen. Er ist raffiniert! Raffiniert!

Wir haben zum Beispiel über das Buch diskutiert, alle drei.

Er war einverstanden. Ich habe ihm gesagt, ich wolle, daß etwas über Laurent und über unser Leben bleibt. Das einzige Problem für ihn war die Zeit. Es durfte ihn nicht zu viel Zeit kosten und uns auch nicht. Wir haben darüber diskutiert, und, da er sehr direkt ist, hat er erklärt: »Gut, wenn ich euch hindere, es zu machen, macht ihr mir später Vorwürfe. Es ist nicht an mir, diese Entscheidung zu treffen, es ist an euch. Aber wenn es beschlossen ist, dann machen wir es alle zusammen.«

Ich weiß, daß er in diesem Buch sagt, was er sagen will, und nicht sagt, was er nicht sagen will. Er ist frei.

Was Patrice betrifft, so habe ich das Gefühl, daß es ihm bessergeht, seit er darüber spricht. Er macht mir den Eindruck, als sei er weniger angsterfüllt. Auch Stéphane ist das aufgefallen. Er hat sehr tiefe Dinge hervorgeholt, und das hat ihm gutgetan.

Ich habe ihn ein bißchen gedrängt. Ich hatte schon lange Lust, alles in einem Buch festzuhalten. Unsere Geschichte ist eine Erfahrung, die wir mit anderen teilen müssen, ihnen sagen, daß man sich trotz allem wehren muß, sich um die Kinder kümmern muß, sie liebhaben, ihnen beistehen, da sein, alles tun, was man kann. Patrice dachte vor allem an Vorsicht. Er wollte Stéphanes Gesundung abwarten. Und er hat auch Angst vor Stéphanes Tod. Für ihn ist die Geschichte nicht zu Ende. Ich habe ihm erklärt, daß das, was zählt, die jetzt gelebte Erfahrung ist, was man uns seit 1985 angetan hat, seit der AIDS-Infektion. Denn ich habe Angst, daß die Dinge verblassen, daß die Leute vergessen und daß man sich nicht mehr an Laurent erinnert.

Dieses Buch ist für Laurent. Laurent, der manchmal sagte: »AIDS, mein Freund.« Als sei es ein lästiger alter Kumpel, mit dem er sich täglich herumzuschlagen hatte.

Laurent, er zu uns gesagt hat: »Das Leben ist schön, wenn man tot ist«, weil er nicht mehr konnte.

In meinen Augen soll dieses Buch mehreres verbinden. Es ist für Laurent, denn er hat uns in unserem Denken weitergeführt, und wir haben so vieles mit ihm erlebt. Für mich ist es eine Notwendigkeit, daß etwas Konkretes von ihm bleibt. Ein Buch ist bedeutsam. Es bleibt. Es ist in erster Linie Laurents Buch.

In meiner Erinnerung sind zur Zeit viele Dinge verschwommen, so viel Hartes und Schweres, daß ich Mühe habe, mich zurechtzufinden. Ich möchte in diesem Buch nur von jenem Paar berichten, wo alles gut lief, und von den Kindern, die angekommen sind und die sich schrecklich haben plagen müssen, um glücklich zu sein, und denen man dieses Gift verpaßt hat. Von diesem Jungen sprechen, der alles hat aufgeben müssen, und von dem anderen, der sich nach wie vor durchkämpft.

Und auch vermitteln wollen, daß es grauenvoll ist, ein Kind zu verlieren, daß Eltern aufhören sollen, sich wegen Kleinigkeiten zu streiten, daß sie sich die Zeit nehmen sollen, ihre Kinder heranwachsen und leben zu sehen. Sie dürfen sie nicht als Fremde betrachten, sondern mit ihnen zusammen und im gegenseitigen Austausch leben, sich begegnen. Ich glaube, die Leute tun das nicht mehr. Sie sitzen vor ihrem Fernseher, und es ist vorbei, sie führen keine tiefen Gespräche mehr und sind unglücklich.

Es ist so wichtig und so bereichernd, einen Tag mit seinem Kind verbracht zu haben! Man lernt sich täglich neu kennen. Der Tag, an dem das Kind stirbt, es ist so entsetzlich, daran zurückzudenken.

Laurent ist tot, und die Leute müssen wissen, was sie ihm angetan haben. Die Qualen, die er erlitten hat, und Stéphane ebenfalls. Wir glaubten an diese Produkte, die Koagulationsfaktoren, die ihnen das Leben retten sollten, und sie sind damit getötet worden! Ich will nicht, daß man das vergißt. Ich hoffe, Garretta und die anderen Verantwortlichen lesen dieses Buch. Sie müssen es lesen. Damit sie begreifen. Es ist nicht für sie geschrieben worden, aber sie müssen es erfahren. Damit Laurent, der durch uns spricht, ihnen sagt: »Ihr habt mir das angetan, ich habe gelitten und bin durch eure Schuld gestorben. Ihr habt mich umgebracht.«

PATRICE

Wenn der Tod eines Kindes von jemandem willentlich und wissentlich für Geld hervorgerufen wird, so ist das entsetzlich. Das werde ich mein ganzes Leben nicht vergessen. Wenn ich auf den Friedhof zu Laurents Grab gehe, sage ich mir: »Du müßtest vergeben können.« Aber ich bin nicht bereit zu vergeben. Und es ist nicht Rachsucht, das ist nicht meine Art. Manche haben nichts mehr zu verlieren, sie sind allein, und es bleibt ihnen nur noch wenig Zeit zu leben. Ihr ganzes Universum ist zusammengebrochen. Wenn sie rachsüchtig sind, so kann ich das verstehen. Sie haben sämtliche mildernden Umstände. Ich verlange nur Gerechtigkeit, eine wahre Gerechtigkeit.

Ich wollte dieses Buch, wie ich alles andere wollte, damit die Justiz ihre Arbeit tue. Vorher habe ich keine Ruhe. Es ist mehr als ein Jahr vergangen, seit Laurent gestorben ist. Und ich denke ständig daran. Ich mache eine Reise und denke: »Laurent hätte das gefallen.« Ich habe ihn ständig im Kopf. Auch wenn ich die anderen liebe, Agnès, Stéphane und Alexandre. Ich kann nicht an ihn denken wie Agnès. Ich will nicht, daß man ihn vergißt. Wir schreiben dieses Buch alle zusammen in seinem Namen.

Da ist aber noch etwas anderes. Zu viele Leute betrachten AIDS noch immer wie die Pest. Die Informationen kommen langsam besser durch, aber noch immer nicht klar genug. Häufig verändert sich das Verhalten der Leute, wenn sie sich einem AIDS-Kranken gegenüber sehen. Stéphane sieht es nicht, er will sich nicht einmal dafür interessieren, aber für uns ist es erschreckend.

Vor kurzem sind wir zu einer Reportage nach Italien geflogen. Die Stewardess, die den Film im Fernsehen gesehen hatte, hat uns erkannt und wußte also, daß Stéphane AIDS hat. Sie hat den Flugkapitän informiert, der sich schleunigst in seiner Kabine eingeschlossen und die Stewardess angewiesen hat: »Seien Sie vorsichtig, kommen Sie ihm nicht nah!«

Zur gegenwärtigen Stunde ist das absurd. Man kriegt das nicht wie eine Grippe! Und dennoch sehe ich, wie sich die Leute zwingen müssen, Stéphane die Hand zu geben. Manche laden uns nicht in ihr Schwimmbad ein, uns fällt das auf. Ich glaube, ihnen mangelt es an Information, das ist alles. Wie jene, die Angst haben, Blut zu spenden, weil sie fürchten, AIDS zu bekommen! Also ist noch immer Information nötig.

Unter den Kindern gibt's viel weniger Probleme als unter den Erwachsenen. Die Kinder sagen: »Ach ja? Er hat AIDS?«

Und fünf Minuten später haben sie es vergessen.

STÉPHANE

In einem Buch sagt man, was man will. Es ist nicht wie in der Presse mit gewissen Journalisten, zum Glück nicht mit allen, die im Grunde nur das sagen und schreiben, was sie wollen. Dergleichen kann ich nicht ausstehen. Ich mag es nicht, wenn die Einzelheiten falsch sind.

Wie die Photos. Ich hasse gestellte Photos. Man nimmt mich natürlich auf oder überhaupt nicht. Es stört mich nicht, solange man mich in Aktion knipst. Wie zum Beispiel neulich mit einem Journalisten, den Papa – er ist inzwischen an Journalisten gewöhnt – gefragt hat: »Wollen Sie, daß ich den ULM raushole, damit Sie Photos machen können?«

Aber der andere hat geantwortet: »Nein, nein! Holen Sie ihn nicht extra dafür raus.«

Ich war einverstanden. Am Ende haben wir den ULM doch geholt, und er hat seine Photos gemacht. Er war zufrieden und sagte: »Ich bin zufrieden, ich habe sehr natürliche Bilder.«

Ich mag nicht so tun als ob. Und ich mag nicht, wenn man Einzelheiten verformt. Oder Phrasen macht, damit es sensationell klingt. Im Zusammenhang mit diesem Buch haben wir alle miteinander diskutiert. Natürlich war ich einverstanden. Laurent zuliebe. Aber es stimmt, daß ich Angst hatte, es würde uns viel Zeit kosten, und ich fragte mich auch, wie es ablaufen würde, wer am meisten oder am wenigsten von allen diesen Sachen reden würde.

Ein Buch ist faszinierend. Dieses hier ist eigenartig. Zunächst ist es für Laurent, und es wurde nicht mit einem literarischen Anspruch geschrieben. Wir reden, wir sagen, was wir denken, es ist die Familie, die sich ausdrückt, und es ist fast wortwörtlich abgedruckt.

Der Kampf ist noch nicht zu Ende

AGNÈS

Es erweist sich mehr und mehr als der Betrug des Jahrhunderts. Ich scheue mich nicht, es laut zu sagen. Skandal und Betrug des Jahrhunderts.

Die Justiz hat Garretta zu vier Jahren Gefängnis verurteilt. Das heißt, er ist wenigstens an irgend etwas schuld.

Wir waren beim ersten Prozeß Zivilkläger, und man hat unsere Klage abgewiesen. Motiv: Sie haben sich nicht im *Centre de transfusion sanguine de Paris* »bedient«. Ein hübsches Argument, wenn man bedenkt, daß besagtes »Centre« das Monopol für die erhitzten Produkte besaß! Und verteilte, was ihm beliebte! Man mußte sich also anderswo »bedienen«, dort, wo das Blut verseucht war, wo keine Chance bestand, dem Virus zu entkommen.

Und es geht von vorne los. Man kündigt uns die Wiederaufnahme des Prozesses für den 3. Mai 1993 an. Sechs Wochen Prozeßdauer! Was bedeutet, daß wir, die Opfer, die wir gezwungen sind bei diesem Prozeß anwesend zu sein, nach Paris kommen müssen, sechs Wochen dort leben müssen, sechs Wochen lang einen Rechtsanwalt bezahlen müssen, bei Honoraren, die zwischen 8000 und 15 000 Francs – Steuern nicht inbegriffen – pro Verhandlungstag kosten, dazu die Reisekosten. Das ist teuer.

Man hat uns zur Antwort gegeben: »Sie haben doch eine gewisse Summe aus dem AIDS-Entschädigungsfonds erhalten, nehmen Sie's doch davon!«

Ist das nicht großartig? Diese Entschädigung soll also nicht Stéphane zugute kommen? Seinem Leben als AIDS-Kranker? Sie soll dazu dienen, sechs Wochen Prozeßkosten abzudecken? Um vielleicht – ich glaube längst nicht mehr daran – Gerechtigkeit walten zu lassen? Welche Gerechtigkeit?

Natürlich könnten Patrice und ich uns auch auf den Standpunkt stellen, daß wir die Nase voll haben und nicht hingehen. Aber wie stünden wir dann da? Wir vor allem, die wir uns von Anfang an gewehrt haben? Wir sollen aufgeben? Niemals könnte Patrice aufgeben!

Man schert sich nicht um die Opfer. Wir ertragen es nicht mehr. Stéphane ist erschöpft, er geht nicht mehr in die Schule, er braucht Pflege und Ruhe. Er ist das Opfer, und es sind er und all die anderen infizierten Bluter, zusammen mit uns, ihren Familien.

Man erklärt uns, der Richter wolle den ganzen Prozeß neu aufziehen! Bis wann? Bis kein Bluter mehr aufrecht steht, der sie beschämt? Sie schämen sich nicht einmal . . .

Dies alles übersteigt uns, es ist nicht mehr menschlich. Sie sind sich nicht im klaren über das, was sie angerichtet haben. Alle unsere Freunde, alle diese Familien, diese Menschen, die leiden.

Viele sprechen nicht darüber. Wir haben den Eindruck, auch für sie zu sprechen. Wir verstehen sie, denn es ist unheimlich hart, mit den Journalisten zu reden, im Fernsehen aufzutreten. Aber es ist wichtig, es muß getan werden. Ich denke an jene, die schon fortgegangen sind, gestorben. Wir gehen auch für sie.

PATRICE

Ich bin ehrlich entsetzt über das, was man zur Zeit zu hören kriegt. Entsetzt über die Politik, die Justiz, die Medizin! Ich weiß kein Wort, um diesem Entsetzen Ausdruck zu verleihen.

Ob die »Haute Cour« tagt oder nicht, ist mir egal.

»Unterlassene Hilfeleistung!« Was heißt das? Sie wußten sehr wohl, daß es eine Verjährung geben würde! Jedermann wußte es. Und wir, wir wissen, daß es sich um ein Verbrechen handelt.

Im Grunde meines Herzens habe ich wirklich das Gefühl, es mit einer politischen Mafia zu tun zu haben. Gleich von Anfang an haben wir nicht in angemessener Weise klagen können. Der Untersuchungsrichter hat die Strafkammer gewählt, nicht das Schwurgericht. Anschließend konnten wir natürlich das Motiv der Klage nicht mehr ändern, und was wir eigentlich wollten, war, sie des Verbrechens der Vergiftung anzuklagen. Wir haben uns mit einem einzigen Verurteilten wiedergefunden. Vier Jahre!

Und ich höre Monsieur Fabius sagen: »Ich möchte vor der »›Haute Cour‹ verhört werden ... Ich möchte so gehört werden und so ...«

Hat er das zu entscheiden? Er erlaubt es sich, sich sein Gericht auszusuchen? Ich habe in nichts mehr Vertrauen und in niemanden. Sie halten sich alle gegenseitig die Hände, sie haben zu viele Skandale auf dem Buckel, die einen wie die anderen, und ich weiß sehr wohl, daß sie sich gegenseitig nicht verurteilen werden. Die Wölfe fressen sich nicht gegenseitig.

Offen gestanden begreife ich nicht, wie diese Leute nachts ruhig schlafen können. Ich könnte das nicht. Wenn ich in meinem Beruf und in meinem Arbeitsbereich einen schweren professionellen Fehler begangen hätte, der den Tod auch nur eines einzigen Menschen zu Folge gehabt hätte, dann hätte man mich kommentarlos entlassen!

Es ist ein Alptraum! Was diesen Berufungsprozeß betrifft, der so lange dauern und der uns noch zusätzliche finanzielle Schwierigkeiten bereiten wird, er hat in meinen Augen nur zwei mögliche Erklärungen. Entweder handelt es sich um ein Manöver, um die Opfer davor zurückschrecken zu lassen, die Angelegenheit weiter zu verfolgen: Ein Prozeß kostet viel Geld ... und man erstattet uns keine großen Summen. Oder die Arbeit ist schlecht gemacht worden, und man will den Prozeß von 1992 von vorne anfangen. Anders ausgedrückt, es geht immer weiter.

Inkompetenz, Verschleierung, Manöver, Versäumtes nachholen . . . und die Opfer werden in dieser Geschichte völlig außer acht gelassen. Man mißachtet sie wirklich, materiell, moralisch, menschlich. »Ein Verrat der Justiz«, hat der Vertreter der Bluter im Fernsehen erklärt.

Leider fahren die verschreibenden Ärzte noch immer fort zu praktizieren, die Ärztekammer rührt sich nicht, die Politiker werfen sich in die Wahlkampagne, als sei nichts gewesen. Monsieur Sowieso stellt sich wieder zur Wahl, Madame Soundso ist nach wie vor aktiv. Wir sind durch und durch angeekelt . . .

Was mich betrifft, so liegt mir ungeheuer viel an diesem Prozeß. Ich will ihn stattfinden sehen. Ich will begreifen, will, daß die Verantwortlichen verurteilt werden, daß es keine Justizunterschiede für die einen und für die anderen gibt.

Man verheimlicht uns nach wie vor gewisse Dinge. Gibt es noch immer Informationen, zu denen wir keinen Zugang haben, die wir nicht erfahren dürfen?

Ich rufe ihnen in Erinnerung, daß mein Sohn Laurent an *ihrem* AIDS gestorben ist. Daß mein Sohn Stéphane an *ihrem* AIDS erkrankt ist. Ich rufe ihnen in Erinnerung, daß wir ein Recht auf Gerechtigkeit haben. Ich rufe ihnen in Erinnerung, daß ich nicht nachgeben werde, daß ich bis ans Ende weitermache, weil ich wissen will, und vor allem, weil ich will, daß alle Welt in diesem Lande erfährt, wer diese Verbrechen begangen hat, wie und warum.

Die Wahrheit.

STÉPHANE

Ich hätte lieber etwas anderes gemacht, aber wenn es sein muß . . . dann mach ich's auch. Wenn ich zu müde bin, sehen wir weiter.

Ansonsten habe ich mein Pilotenpatent für den ULM bekommen. Das heißt, ich habe das offizielle Papier, weil ich das Patent selbst schon vor einiger Zeit bestanden habe. Es ist wie ein dreifach gefalteter Führerschein. Ich bewahre es in meiner Brieftasche auf.

»République française
Direction générale de l'aviation civile
Brevet et licence de pilote ULM
No. 02 06 02 32 92«

Mit meinem Namen: Stéphane Gaudin.

Jetzt brauche ich noch fünfzehn Stunden Soloflug, damit der Pilot einen Passagiertest mit mir macht. Dann kann ich die Freunde mitnehmen. Im Augenblick habe ich erst achteinhalb Stunden auf meinem Flugkalender.

Neulich hatte ich ein kleines Problem ... Ich machte eine Bruchlandung. Normalerweise, ich präzisiere normalerweise, kann so was nicht passieren! Die Leute dürfen keine falsche Vorstellung vom ULM bekommen!

Ich war also fünfundvierzig Minuten geflogen. Mein Vater hatte zuvor eine halbe Stunde Unterricht mit dem Fluglehrer genommen, ohne Probleme. Ich startete anschließend. Der Wind war ein bißchen stärker geworden und blies von der Seite her.

Ich wollte auf die andere Seite des Gebirges. Ich sagte mir: »Vorsicht vor den Fallwinden!« Ich bin also gegen den Wind gestartet. Perfekt! Ich flog eine Runde, ein bißchen hoch, aber nicht zu hoch. Ich drehte eine letzte Runde, um mich dem Boden zu nähern, aber in der Zwischenzeit war der Wind stärker geworden. Es fing an, gefährlich zu werden, also gab ich wieder Gas, um zu beschleunigen, damit der Wind mich nicht mitreißt. Und plötzlich eine Motorpanne!

Ich war noch immer weit genug vom Boden entfernt. Gut, um meine Landegeschwindigkeit zu steigern und die Piste zu erreichen, ging ich in Sturzflug über. Vor mir ein Schilfgelände, ein ehemaliger Sumpf. Ich hielt mich knapp über dem Schilf in 3 Metern Höhe. Ich sah einen Strauch auf mich zukommen. Ich zog am Hebel, um ihn zu überspringen, wich ihm aus, hatte kaum noch Geschwindigkeit, sah eine Baumgruppe, eine große Baumgruppe . . . Diesmal keine Möglichkeit, ihr auszuweichen. Also ging ich schneller tiefer, tat alles, um den ULM flach zu halten, und machte zwei Meter neben den Bäumen eine Bruchlandung im Schilf . . .

Bis dahin dachte ich nichts, weder Angst noch Panik, nichts, ich war viel zu konzentriert, ich dachte nur daran, die Maschine schön gerade zu halten. Erst im Augenblick des Aufpralls im Schilf, beim crash, hab' ich Schiß bekommen. Zwei Sekunden. Aber die große Angst, atemlos.

Da hing ich saublöd in meinen Gurten, nicht einmal ein blauer Fleck, nichts. Da habe ich zu schimpfen angefangen. Ich hörte mich fluchen: »Scheiße, Scheiße und nochmals Scheiße . . .«

Ich habe den Zündkontakt unterbrochen, um ein Feuer zu vermeiden, man kann ja nicht wissen. Dann habe ich die Gurte gelöst und die Türen ausgehängt. Es ging nicht anders, um auszusteigen, das Schilf war ungefähr 1,50 Meter hoch. Ich machte die Runde, und schließlich stieg ich hinten aus. Es war wirklich ärgerlich, ich war nur 4 Meter von der Landepiste entfernt! Aber zwei Meter von dem Wäldchen!

Dann hörte ich die Stimme meines Vaters. Er brüllte: »Stéphane! Stéphane! Alles o.k.?«

Er mußte schon seit einigen Stunden nach mir gerufen haben, aber ich hatte ihn nicht gehört. Er hatte das Auto genommen, um schnell zu mir zu kommen! Ich muß ihm einen ganz gewaltigen Schreck eingeflößt haben. Aber ich hatte nichts, keinen einzigen blauen Fleck. Ich habe übrigens keinen Moment den Kopf verloren, bin konzentriert geblieben, man hat mich für solche Situationen gut ausgebildet. Natürlich war die Gabel verbogen . . . Aber wir haben sie repariert, kein Problem.

Mein Freund Philippe, der Weltmeister, hat den ULM genommen, um ihn zu testen, und der Mechaniker des Clubs hat sich drum gekümmert. Es gibt eine mögliche Erklärung. Ich bin vielleicht zu leicht, so daß der Motor nicht auf vollen Touren laufen kann, und im Winter, wenn er nicht heiß genug ist, erstickt er, sobald ich langsamer werde. Motorpanne. Ich wiege 35 kg, es braucht ungefähr das Doppelte. Das ist eine Hypothese, die überprüft werden muß, und es gibt in jedem Fall Systeme zum Kompensieren.

Kurzum, ich habe neulich eine ganz hübsche Bruchlandung gemacht.

Unter uns gesagt, mit einem Flugzeug wäre ich nicht heil davongekommen. Aber mit dem ULM, ja! Mein Vater, der arme, war leichenblaß. Er hat zuerst nach mir gerufen. Keine Antwort. Er sagte sich: »Mein Gott, in welchem Zustand werde ich ihn vorfinden . . .« Nichts, nicht einmal eine Schramme. Aber die Nachwirkungen haben bis zum nächsten Tag gedauert. Die Angst kommt hinterher. Ein Adrenalinstoß, der sich nicht so leicht abbauen läßt.

Mein Vater hat erklärt: »Mit dir darf man kein schwaches Herz haben!«

Aber ich beharre darauf, es kommt selten vor, daß man mit dem ULM nicht zurecht kommt. Unheimlich selten.

Mit dem Flugzeug dagegen wäre ich vielleicht nicht mehr da, um davon zu erzählen.

7. Februar 1993

»Laurent Fabius, Georgina Dufoix und Edmond Hervé werden nicht vor der »Haute Cour de justice« erscheinen, die der Meinung ist, daß die den drei ehemaligen Ministern in der Affäre des verseuchten Bluts vorgeworfenen Tatbestände verjährt sind.«

France-Soir, 6. Februar 1993

»Doktor Rieux beschloß also, diesen Bericht, der hier endet, zu verfassen, um nicht zu denen zu gehören, die schweigen, um zugunsten jener Pestkranken auszusagen, um wenigstens ein Zeugnis der Ungerechtigkeit und der Brutalität, die ihnen angetan worden waren, zu hinterlassen . . .«

Albert Camus, Die Pest

GOLDMANN

Schicksale und Horizonte

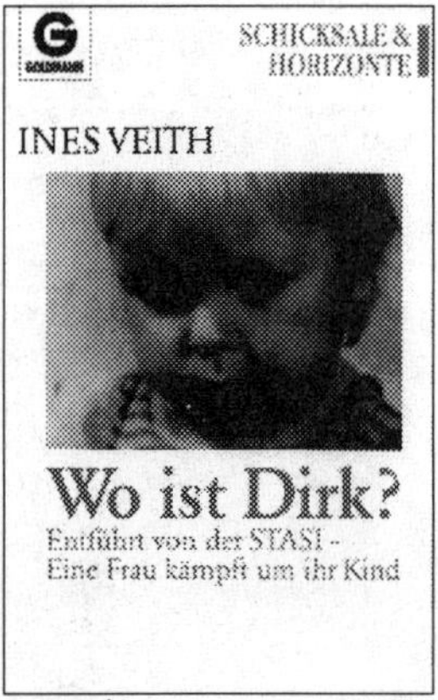

Wo ist Dirk? 12351

Gebt mir meine Kinder zurück 12388

Susanne Fleer:
Abschied vom Leben 12377

Der Schrei nach Leben 12352

Goldmann · Der Taschenbuch-Verlag